사서가 떠나는 책 여행

삶이 스며든 지극히 아름다운 책 여행기

사서가 떠나는 책 여행

강상도 지음

도서
출판 **더 로드**
The Road Books

몇 년 전부터 꾸준히 책을 많이 읽은 적이 없었다. 수학 겉핥기식의 과거에서 벗어나 현재는 책을 읽는 재미를 느꼈던 시간이 많았다. 책을 읽는 태도가 변했으니 보는 시각이 달라졌다. 삶 속으로 들어와 의미를 만들어 내어 주기 때문에 과할 정도로 몰입했다. 그 과정이 있었기에 삶의 속도도 또한 느리게 흐르고 있지 않았을까?

느리게 흐른다는 것은 책 읽는 속도가 아니라 방향을 알아가는 힘을 키운다는 것이다. 노하우가 생기다 보니 삶의 깊이를 넣을 줄 아는 사람으로 듣고 말하는 방향이 함께 흘러간다는 것에 익숙해진다는 것에 만족을 더한다. 개인적 독서가 때론 큰 위력을 발휘하기도 한다.

누군가의 독서 영향으로 책을 읽는 계기가 되고 성장하는 것은 우리 삶의 좋은 시너지 효과가 발생할 것이다. 나는 독서의 영향을 사람과 환경에 작용한다는 것을 몸소 실천해 왔었다. 당연한 사실은 직업이 사서이기 때문에 접근성이 높았다.

학교 도서관을 이용하는 어린이를 보면 그들의 말과 행동, 대화를 따라가다 보면 내가 해왔던 독서의 문제점을 알게 되었고 효과적인 독서법을 제시하고자 하는 마음을 가지는 것이 커졌다. 어린이 한 명 한 명을 대하다 보면 무엇이 궁금한지를 되짚어 보고 성향과 취향을 알아가는 것은 결코 쉬운 일이 아니었다.

다만 그 과정으로 얻은 결과가 독서상담에 도움을 주었다는 사실이다. 학교 도서관이 얼마나 중요한지를 우리는 알고 있다. 평생 독자로 밟아가는 첫걸음이 되어야 한다. 그 첫걸음을 내딛기 위한 훈련과 반복은 몸에 익숙해질 것이고 긍정의 힘이 작용하게 된다.

학교 도서관에 오는 어린이를 보면 언제나 즐겁고 흥미로 가득 차 보였다. 책장 사이를 어슬렁거리는 어린이들을 보면 마음이 유쾌해진다. 책의 바다를 떠돌면서 책 속에 빠져있는 모습에 나를 감동시켰다. 이를 듯 학교 도서관이 지닌 무한함의 가능성이 어린이를 책의 세계로 이끌어 주며 그 새로운 세계로 가는 문을 열어 주었다.

도서관이 책만 읽는 곳이 아니라는 사실이다. 책장에 빼곡히 꽂혀 있는 책들과, 그 안에서 숨 쉬고 있는 여러 공간들이 수천 개의 황홀함을 발견했을 환상의 세계로 갈 수 있다.

여행을 떠난다면 도서관이 맨 처음의 목적지일 것이다. 이 책은 책 여행을 떠난 이야기를 써 내려가고자 했다. 그 공간이 전한 책을 읽고 연결하고 활동했던 때론 사연이, 때론 사람의 삶과 맞닿아 있는 이야기를 전하고 싶었다. 그 과정에서 빚은 책 여행은 어느 독자의 마음에 닿을지 궁금해진다. 눈으로 읽어가는 독자의 마음을 전달하고 싶었다. 직접 책 여행을 떠난 그 느낌으로 글을 쓰고자 노력했다.

이푸 투안의 《공간과 장소》, "공간이 우리에게 완전히 익숙해졌다고 느낄 때, 공간은 장소가 된다." 도서관과 책방이 그런 익숙함으로 무장된 곳이라면 독서문화의 시작은 먼 미래가 아닐 것이라 단장 지을 수 있다. 솔직히 도서관과 책방은 익숙한 독자에게는 구별하지 않는다. 그들에게 중요한 것은 공간의 환대. 독서문화가 잘 발달된 나라일수록 도서관과 책방의 의미를 크게 두지 않는다. 개인의 독서 취향대로 책을 대출하기도 구입하기도 한다.

책을 이어주는 것은 사람과 사람의 관계에서 오는 미묘한 정(情)이다. 정은 새로운 문화를 낳는다. 독서 분위기가 바뀐다. 그 모든 책 공간의 이야기는 아름답고 평화롭다. 감미로움이 흐른다.

공간의 아름다움이나 잘된 책의 북 큐레이션이 아니라 그 공간의 아련한 사연이다. 일상의 삶이 듣고 싶었다. 사계절 흘러가듯 계절마다 평범한 일상에 그려진 책방 안의 이야기가 늘 그립다. 은은한 불빛 사이로 삶의 모습들이 빛나고 있을 때 어떤 이의 위로가 되는 곳이다. 그 자그마한 관계 속에서 우리는 살아가는 의미를 찾아 나선 곳이 책방이면 좋겠다.

'나마스테' (내 안에 있는 신(신)이 당신 안에 있는 신(신)을 존중한다) 서로의 안부를 묻고 인사를 나누는 그런 따뜻한 정이 있는 책방과 도서관은 팬데믹 이후 그 어느 때보다 중요한 물리적 공간이 되었다. 그 공간 안에 사람과 사람의 만남은 단순함이 아니다. 인위적이 아니라 자연스러움이 묻어 기억이 되고 풍경이 된다.

•·········•

나는 매일 주말 도서관, 책방으로 출근한다. 왜냐하면 도서관과 책방이 좋기 때문이다. 좋은 것 외에도 알 수 없는 끌림과 힐링이 된다는 것이 가장 큰 위로이다.

삶이란 그렇게 짓눌렀던 것이 책방에서 책을 보면 무엇인가 쏟아 오르는 에너지가 담겨 있기 때문이다. 오래 볼수록 그 매력에 빠져 간다는 것은 삶으로, 가슴으로 느끼는 곳이기에 행복한 일상이다. 나는 주말이 기다려진다. 도서관과 책방을 향한 작은 설렘의 이 길에서 어떤 생채기와 어떤 공간의 삶이 채워졌는지 궁금함으로 떠난다는 것은 기대감과 앞으로 느낄 마음이 그곳으로 향한다.

일상이 주는 것들이 사람으로 치유하는 것도 그런 의미가 있었다. 책이 가득한 책방과 도서관이 주는 매력은 그곳에 전해오는 깊은 공감의 힘이다. 작은 우주 속으로 여행하듯 긴 시간들로 가득 매워진 이곳의 인문학적이고, 철학적인 바탕의 토대 위에 삶들이 들어 있기에 나를 배워주기도 때론 가르쳐 주기도 하는 곳이다.

오래 머물다 보면 다양한 것들을 보여 주었다. 주변의 환경과 아주 작은 꽃들도 철학적 의미로 다가왔다. 시간의 멈춤과 오랜 가치들의 빛나는 힘이 나의 마음속으로 넌지시 들어온다. 그때가 진정으로 편안함으로 마음이 녹아내렸다.

책방과 도서관은 어떤 곳일까? 책 보다 그 공간의 가치다. 창문 밖에서 들려오는 풍경소리에 귀 기울이고 하지만 사람과 사람의 스친 인연들이 모여 가치로운 것들을 만들어 내기 때문에 더 의미가 풍성하다.

나는 그 공간이 지닌 곳에서 새로운 꿈을 꾸기도 하고 다양한 인연을 만나 또 다른 풍경을 만들어 내기도 한다. 그렇게 하루의 일상이 전한 책방의 인연은 나를 자연히 일깨워주기도 한다. 누군가의 공간을 전하는 일은 멈추고 싶지가 않는 이유이기도 하다. 나는 오늘도 도서관과 책방을 서성거린다. 삶의 2% 부족함을 채우기 위함이다.

◆ - - - - - - - - - ◆

우리 동네에는 음식점이 많았다. 서점이 한 곳, 도서관이 두 곳 딱히 문화라는 공간이 손에 꼽힐 정도로 적었다. 가로수가 늘린 도로 옆 한 카페가 폐점했다는 소식이 들렸다. 삭막한 이곳에 책방이 생기면 좋겠다는 생각이 들었다. 멋들어진 카페보다는 은은한 불빛에 스며든 책방의 풍경이 더 감칠맛 날 것 같았다. 풍경이라는 것이 눈으로 보는 것만이 다는 아닐 것이다. 책방 안에 각기 다른 이야기의 책들은 사람의 마음을 어루만져 주거나 각기 다른 풍경으로 담겼다.

책만 있는 것이 아니라 사람과 사람의 생각들이 잠들어 있는 것을 깨우는 곳이기도 하다. 작은 동네 불빛에 비친 책방의 역할은 아이슬란드의 오로라가 열린 오묘함의 신세계처럼 달콤함이다. 요즘 찾지 않는 책방이 새로운 문화 아이콘으로 동네마다 활력을 불러 넣고 있었다. 작은 골목을 지나 찾아 나선 책방은 문화를 배우는 것이기도 하고 사람을 만나는 위안의 공간이 되기도 하니 그 얼마나 다행인가? 마주하며 기댄 그 미소가 때로 단골손님이 되지만 큰 물줄기를 만나는 기분이 되니까.

나는 지금 그 길에 마주하고 있었다. 끌리는 책방보다는 가슴이 아리고 깊은 사연으로 인연이 쌓여가는 그런 공간으로 떠나고 싶었다. 꼭 책방만 아니라 작은 도서관도 좋고, 동네에 허름한 북 카페도 좋고 무인으로 운영하는 공간도 책과 사람만 있으면 된다.

사람이란 결국 소리 소문 없이는 글을 쓸 수 없고 전달하는 마음의 아연함으로 채울 수 없다. 이제 그런 공간으로 들러 소박한 삶의 이야기가 멋진 길이 되고 아직도 살만하다는 우리의 이야기를 써 내려가야 한다. 무작정 떠나는 사서의 책 여행은 그렇게 시작하면 좋겠다. 도서관이 무엇이며 책방은 또 무엇일까? 책이란 아이들에게 삶과 대단하게 연결되는 일인가? 그 물음을 떠나기도 했고 눈으로 귀로 가슴으로 생각의 잣대를 비추어봤다.

내가 느낀 것들을 글로 써 내려갔고 그 길을 함께 걷고자 하는 마음을 담았다. 결국 나의 목소리보다는 그들의 목소리에 귀 담아야 했다. 흘린 세월의 깊이만큼이나 그들의 책방은 많이 닮아있는 듯 공간마다 느끼는 감정이 달랐다.

많은 책들 사이에 책방지기만의 흔적들이 고스란히 묻어났다. 펼쳐진 인생사를 다 담을 수 없지만 우리는 결국 그 공간의 시간을 누렸다. 인문학적으로 접근할 것인지, 사회 경제적으로 접근할 것인지는 인식의 차이에서 비롯된 결과다. 요즘 젊은이는 책방을 좋아한다. 책방이라는 공간이 트렌드를 선호하고 젊은 세대의 감각이 묻어나기 때문이다.

그렇다면 과연 오늘날 책방의 '화두'는 살아남을 수 있는가이다. 경제적으로 한계로 도달할 것이고 사회적으로 무모화될 가능성이 크다. 시사기획 창 '책방은 살아있다'에서도 책방의 정책적 배려가 중요하다는 의미를 전달했다. 책방은 문화공간일까?, 자영업일까? 아직은 자영업이 더 크게 와닿을 것이다.

문화공간으로서의 배려가 미약한 수준이다. 국가적으로 책방의 현실적인 지원 정책이 필요할 시점이다. 경제적 이익보다는 문화적 관점으로 바라보는 것 그 자체만이라도 우리의 문화는 힘이 세다. 책을 사랑하는 독자가 있듯이 책방을 좋아하는 독자도 있다. 유럽여행에서 책방은 그야말로 문화의 일부분으로 인식되듯이 우리도 그런 문화적인 것들을 받아들여야 한다.

책을 파는 곳이 아니라 문화가 흐르는 하나의 공간이라는 삶의 공존 말이다. 우리가 알고 있는 허접한 문화는 이제 버려야 한다. 다소 볼품이 없어도 사람과 사람이 만나는 인간다움의 공간이 만들어지는 곳이라면 나는 환영하겠다. 문화는 자연스럽게 스며드는 것이다. 책은 말할 것도 없이 개인의 것이 아니라 하나의 문화 매개체로서의 연결 곡선이 되리라는 것은 분명함의 이치다.

'걸어서 동네 책방에 간다는 것은 책이 삶의 일부가 된다는 것이다.' 김훈 작가의 말처럼 소소한 우리 삶에 책방이 가진 진솔함이 책과 닮아 보인다. 지극히 아름다운 책 여행길은 그런 의미에서 타인과 나와 우리를 책으로 이끌어 준다. 늦추고 느리게 흐린 삶으로 단단히 스민다.

contents

들어가며 4

세 번째 이야기
사서가 떠나는 동네 도서관 여행

사서,
책을 사랑하는
독자

1

아이의 세계를 이해하는 것이
책 읽기의 출발점이다

아침은 학교 도서관이 가장 북적이는 시간이다. 도서관 문을 열면 어제의 열기가 가득 풍긴다. 책을 읽는 아이보다 대출하는 아이가 많다 보니 긴 줄이 생기는 것은 자연스러운 일이다. 아이들이 북적대는 공간마다 생각의 숲은 깊어지고 쌓여가는 것 같다. 아이와 나 사이, 나와 너 사이, 부모와 우리 사이 이 모든 것들이 모여 아이는 직간접적으로 행동하고 생각을 표현한다.

학교 도서관에서 몇몇의 아이들을 지켜보면 책을 읽는 아이와 책을 읽지 않는 아이의 구별은 자연스럽다. 하지만 그것만이 다는 아닐 것이다. 학생을 이해하기 위해서는 그들의 세계에 가까이 가 봐야 한다. 나누는 이야기의 시간이 길수록 많은 것들을 공유하고 소통을 나눌 수 있다.

학교 도서관에서는 대출할 때와 책모임, 중간중간 책 처방과 책 추천의 시간들이 좋은 영양제 같은 역할을 한다. 이 중요한 시간들을 통해 아이의 세계에 진입한다. 아이의 성향과 성격, 좋아하는 것들, 고민을 알아가면서 책과 이어가는 연결고리가 만들어진다.

선생님은 아이가 스스로 능동적으로 책을 읽을 때까지 믿음을 가지고 기다려주는 것 외에 아이의 마음을 헤아려가는 마음을 가졌으면 좋겠다. 책을 읽는 마음은 작은 관심과 노력에 의해 만들어진다. 관심이 아이의 가슴에 조금이라도 의욕의 불씨를 불어넣을 수 있다. 학교 도서관에 보았던 책 읽는 마음의 자세 사례를 몇 가지 소개한다.

먼저 주제별 책을 읽어보고 그 책을 소개하고 알아가는 과정이다. 아이에게 맞는 책을 선정해 주고 마음으로 그 책과 대화가 필요할 때 적극적으로 나서는 것이다. 우리는 그 과정에서 새로운 것을 발견하고 책이라는 매개체로 연결되는 힘을 배운다.

책과 이야기를 나누는 과정은 새로운 것들이 숨겨져 있음을 발견하는 시간이다. 그 시간만큼 아이의 책으로 연결되는 모든 성향과 성격들을 함께 파악한다. 앞으로 책 읽는 상담을 향상하는 경험으로 더 나은 성장을 만들 수 있다.

책을 읽지 않는 아이에게 관심을 가지는 것도 마음의 자세다. 책보다 관심의 대상을 살펴보는 것이 중요하다. 아이가 좋아하는 것을 알아가는 과정은 그 아이와 친근해지는 과정이다. 자연스럽게 책을 연결하고 잠재되어 있는 것들을 깨운다.

얼마 전 6학년 남학생이 아침마다 책은 빌리지 않고 인사만 하고 갔다. 방과 후 그 아이와 이야기를 나눌 시간이 있었는데 밝고 건강했다. 여러 이야기를 나누었던 시간 동안 나도 그 아이의 세계에 잠시나마 다가갔다. 아이의 성향에 맞게 다가가 마음의 자극을 주어 자연스럽게 말을 표현할 수 있도록 이끌어야 한다.

요즘은 적극적으로 사서의 일을 도우며 책을 읽어가는 아이들이 눈에 보였고 그들과 친해졌다. 한 아이의 말 한마디에, 자그마한 목소리에 귀 기울이는 것은 쉽지 않았다. 함께 고민하고 함께 상처를 보듬는 마음들이 모여 우리는 책으로 연결되고 엮어가는 힘을 느낄 수 있다.

독서습관이 중요한 것은 아니다. 책 읽는 마음을 가질 수 있도록 아이의 세계를 이해하는 역할이 지금 가장 필요하며 독서의 첫 출발점이 되어야 한다. 그다음이 독서습관이다.

2

평생 책을 사랑하는 독자로 성장하려면

학교 도서관에 오는 아이는 대부분 정해져 있다. 전교생 중 20%만이 학교 도서관을 찾는다. 하지만 나머지 아이들이 책을 읽지 않는다는 것은 아닐 것이다.

아이들이 학교 도서관에 발을 내딛는 순간이 어쩌면 책을 대출하고 싶은 마음이, 끌림이 자리 잡고 있기 때문이다. 친구와 함께 도서관에 오는 아이들은 책을 선택할 때 친구의 추천이나 비슷한 책을 대출하는 경우가 많았다.

어떤 학생은 자기 학년보다 높은 책을 대출하는 경우도 있었고 어른 책도 가끔 빌리고자 했다. 특히 담임 선생님과 학부모의 역할이 중요한 시기가 3, 4학년일 것이다. 이 시기에 스스로 선택하고 책 읽을 시간을 많이 만들어주는 환경이 필요하다.

학년이 올라갈수록 책을 접하는 시간이 줄어들고 읽는 행위에 멀어지기 때문에 지금 시기를 놓치면 독자로 성장하는데 장애가 될 수 있기 때문이다. 따라서 어른의 역할이 매우 중요하다.

스스로 읽는 독자로 만들기 위해서는 스스로의 의욕과 동기부여를 부여해야 한다. 어른들도 모범을 보여주어 마음을 다독여 주고 칭찬해 주는 시간이 많아져야 하겠다.

책 상담은 이렇게

ADHD(주의력 결핍)를 가진 A군은 반 아이들에게는 피하고 싶은 아이였다. 그 아이를 저학년 때부터 봐왔지만 그렇게 심할 정도로 행동을 할지 몰랐다.

고학년 때 그 아이가 자주 도서관을 들렀다. 어눌한 말로 "선생님, 3D로 보는 책이나 동물과 관련 책 없나요?" 3D 안경으로 볼 수 있는 그림책 《빨간 안경》과 《진짜 진짜 재밌는 그림책 파충류》를 알려 주었고 또 어느 날에는 "선생님, 숨은 그림 찾기 책 찾아주세요." 등 횟수가 늘어나니 그 아이와의 대화 시간도 길어지고 어떤 책을 좋아하는지 알 수가 있었다.

그 아이에게 최선을 다해 보고 싶은 마음이 채워졌다. 그 반대의 아이도 몇몇 있지만 A군에게 신경이 더 쓰인 것은 책을 좋아하기 때문일 것이다. "아이들에게 어느 방향으로 책을 읽게 하고, 어떻게 자료를 활용할지 방향을 잡아 주는 것이 우리의 역할이다."

다니엘 페나크는 《소설처럼》이라는 책에서 "어른은 아이가 스스로 능동적으로 책을 읽을 때까지 믿음을 가지고 기다려줘야 한다."라고 말했다.

그리고 책을 고르고 읽을 수 있는 마음을 천천히 들여다보면 담아낼 수 있으면 좋겠다. 아이의 성향과 성격, 좋아하는 것들을 서로 이야기를 나누면서 알아가는 상담이 필요하다.

모든 아이에게 책의 수준을 딱히 선정할 수 없지만 그 아이의 성향에 따라 필요에 따라 살펴보는 것이 중요하다. 더 중요한 것은 선생님이 먼저 그 책을 읽어보고 아이에게 적당한 수준인지, 좋아하는지를 추천하는 것이다. 그런 여유가 되지 않으면 관련 정보 책들을 읽고 끄집어낼 수밖에 없다.

요즘 아이에게 책을 추천하는 것은 특히 쉽지 않았다. 도서관에 오는 아이들은 대부분 스스로 책을 선택하고 대출해 가지만 나와 친한 아이들은 추천을 원한다.

내가 알고 있는 정보를 최대한 동원하여 추천하지만 그 정보가 부족한 경우 권장도서를 추천했다. 다음으로 우리 도서관에서 또래 아이들이 가장 많이 대출한 책이나 인기 있는 책을 건네주었다.

다음이 한계다. 추천할 책이 없기 때문이다. 원하는 책, 좋아하는 책을 파악하지 못할 경우 아이는 실망하기 일쑤다. 추천할 책들은 상당한 노력과 과정이 수반되어야 한다.

주제별 북 큐레이션을 통해 책을 전시하거나 알리는 것도 사서의 역할이다. 책 처방전이나 성격 유형별로 파악한 MBTI 책, 작가의 손 편지가 적힌 문장의 책 등 도서관 공간을 꾸미며 눈이 가고 호감이 가도록 손에 닿도록 전시하는 것도 추천의 일부분이다.

어린이는 평생독자가 된다

아이에게 책을 이야기할 때 공감해 주거나 헤아려 주는 것도 그 아이에게 평생독자로 성장하는 힘을 키워줄 것으로 믿는다. 아이가 동화책을 읽어야 할 중요한 이유 중 하나가 '공감 능력 키우기'다. 타인의 입장에서 생각해 보거나 감정을 공감하는 것은 어른도 어려운 일이다. 동화책 속 공감 능력을 키우고 생각하는 시간, 질문의 답을 찾아가는 과정들이 정직한 독자로 성장하는 길이 될 것이다.

선생님이 어린이에게 독서를 가르치는 목표는 당장에 책을 몇 권을 추천하고 이해시키는 것만이 아니라 늘 책을 읽는 어린이로 평생독자가 되게 하는 것이다. 지식을 키우는 재미, 이야기에 빠지는 재미, 알 듯 말 듯 한 감정을 곱씹는 재미로 책 읽기를 이어갈 수 있으면 좋겠다.

로알드 달의 동화 《마틸다》에서 주인공 마틸다는 "어린이들은 어른들만큼 심각하지 않고 또 웃는 것을 좋아하거든요."라고 말한다. 실제로 어린이책은 대체로 재밌다. 재미있는 책은 아이들은 상상력을 풍부하게 키워줄 뿐만 아니라 책과 가까워질 수 있다. '나는 어떤 독자인가' 어린이 자신이 어떤 책을 읽을 때 즐거움을 가지는지를 파악하는 것도 필요하다.

"책을 싫어하는 아이란 있을 수 없다.
단지 좋은 책을 발견하지 못한 아이들만 있을 뿐이다."

프랭크 세라피니

3

나의
독서 취향

사서에게 책이란 마중물 같은 존재다. 하루의 시작에서 퇴근할 때까지 책에서 손을 떼야 뗄 수 없는 관계다. 책을 읽는 행위는 개인적 행위이지만 책의 정보를 알아가는 것은 이용자를 위한 사서의 몫이기 때문이다.

많이 아는 것보다 많은 것의 정보를 책에서 발견하고자 노력하지 않을 수 없었다. 늘 책과 함께하다 보면 아는 것이 많아지는 것도 있지만 여러 종류의 책을 다양하게 분류할 수 있고 찾을 수 있었다.

나는 아침 출근 시 가방 속에 늘 책 한 두세 권을 들고 다녔다. 여유 시간에 틈틈이 단락만 발췌하며 읽어갔다. 좋은 문장과 글귀는 따로 메모지에 적어 놓았다가 집에서 정리한다. 학교 도서관에서는 동화책을 주로 살펴보지만 토론이 있으면 여러 권의 책을 두루 살펴보는 경향도 있다.

사서의 독서 취향은 개인마다 다르지만 다양한 책을 접하다 보니 완독이 쉽지 않은 것이 단점이 있다. 하지만 정보의 확장성이 다양화하여 독서모임이나 개인적 시간을 할애하여 읽고자 노력한다는 것이다. 짧은 시간에 못 읽어도 끝까지 읽고자 하는 마음이 크다.

사서의 책 읽는 능력은 도서관을 움직이는데 중요한 가교 역할을 하는 것은 부인할 수가 없다. 이용자는 사서의 독서 취향에 독서 영역을 확장하고 수준을 높이는 간접적 효과도 무시할 수 없을 것이다.

높은 수준의 독서정보 서비스 즉 책 추천, 독서토론, 책 상담, 북 큐레이션, 작가와의 만남 등은 이용자에게 질적인 독서 품격을 만들어 주기 때문이다.

사서의 중요한 취향은 독서와 함께 상담하는 능력이다. 책과 사람의 연결은 결국 대화하는 것에서 시작된다. 책에서 연결된 주제는 서로의 공감과 이해의 가능성 폭을 가깝게 한다.

학교 도서관에서 아이들과 친해질 수 있는 방법은 아이의 동화책을 읽고 그들의 세계로 들어가는 것이 중요하다. 어린이 세계를 알아간다는 것은 다양한 독서 영역의 확장을 의미한다. 토론뿐만 아니라 대화의 주제가 넓어져 친해질 수 있는 이야기가 무궁무진하게 쏟아진다.

　같은 도서관이라도 사서의 독서 취향에 따라 거리감이 좁아질 수 있고 넓어지는 경향도 있다. 아이의 눈높이에 맞는 흥미로운 책 추천은 평생독자로 가는 기틀을 만들어내는 마중물이 되기에 충분하다. 책에서의 경험은 도서관의 변화를 가져올 수밖에 없다.

　얼마 전에 책 처방전을 열었다. 고민거리를 약 봉투에 적으면 고민을 상담하고 그에 따른 책을 처방하는 방법이다. 많은 아이들이 신청을 해왔다. 그중 친구와의 싸움과 어떤 책을 읽어야 할지 등의 고민이 가장 많았다.

　개인적 경험을 써 내려가고 사서가 읽거나 정보를 검색하여 상황에 맞는 이야기책으로 추천해 주었다. 아이의 미소를 보면 뿌듯함이 느껴왔다. 이를 듯 사서가 가진 독서 취향이 한 아이의 다양한 독서 경험으로 확장될 뿐만 아니라 앞으로 독서하는 아이로 영향을 미칠 수 있다는데 책임감이 무거워졌다.

　"MBTI 유형이 어떻게 되세요?"

　학교 도서관에 있으면 요즘 아이들에게 가장 많이 받는 질문이다. 성격유형이 비슷하거나 달라도 서로 공감하고 이야기를 이어가는 것이 좋았다. 또래 아이들과 관련 책으로 열띤 토론을 벌이는 모습이 종종 보였다.

각각의 성격유형에 맞는 도서를 선정하는 것도 심도 있게 따져 보고 결정해야 한다. 사서의 독서 취향에 치울 수 있지만 도서를 선정하고 그 후의 반영들을 점검하는 것이 무엇보다 중요한 사서의 의무다. 결과를 바탕으로 다시 한번 선정하여 추천하면 실패할 확률을 줄일 수 있었다. 성격유형에 맞는 도서를 추천한다는 것은 자기를 알아갈 뿐만 아니라 나에게 맞는 책의 성향으로 책 읽을 습관을 높일 수 있다는 이점이 있다.

이를 듯 도서관 이용자에게 책을 선정하고 추천하는 일들은 사서의 오랜 고민과 축적된 결과물이다. 중요한 것은 이용자에게 다가가는 마음은 이야기에 귀 기울여주는 것이다. 그다음으로 묵직한 책 읽기가 되도록 함께 나누고 관계를 만들어 가는 것이 중요하다.

책에서 찾는 문제 해결을 위한 정답의 알고리즘은 없다. 다만 먼저 읽는 사람의 예우다. 사서의 독서 취향을, 언어를, 행동에서 나오는 경험을 참고하여 나의 독서로 고민을 깊게 들어마셔야 개인적 독서로 성숙될 수 있다.

4

지역마다 새로운
독서문화 의식이 필요하다

문화체육관광부에서 발표한 '국민 독서 실태 조사'에 따르면 2015년, 2017년, 2019년 연간 독서율은 각각 전국 평균 65.3%(연간 독서량 9.1권), 59.9%(연간 독서량 8.3권), 55.7%(연간 독서량 7.5권)로 나타났다.

반면 경남의 연간 독서율은 같은 기간 각각 57.4%(연간 독서량 7.5권), 51.4%(연간 독서량 8.3권), 42.4%(연간 독서량 3.6권)에 불과했다.

독서율의 하락은 경남만의 문제가 아니다. 전체적인 맥락에서 책 읽는 분위기를 만들어야 한다. 독서는 아무리 강조해도 지나치지 않는다는 말이 있다. 책을 읽는다는 것은 자연스럽게 우리의 삶에 녹아내려야 한다. 하지만 습관이라는 것이 하루아침에 일어나지 않는다는 사실에 긴 시간이 요구된다. 그렇다면 지역마다 특색 있고 이용자 맞춤형의 독서문화를 만들어가야 한다.

"핀란드는 학교, 도서관, 지방단체가 협업하여 어린 자녀들이 독서와 친해질 수 있도록 만든다." 국가와 사회가 독서를 위한 기반과 환경을 완벽하게 갖추어 놓고 어릴 때부터 책 읽기가 생활화되어 왔기 때문에 독서는 하나의 문화가 되었다.

우리에게도 아직 희망은 있다. 지역만의 독서문화를 만들기 위해서는 핀란드처럼 학교, 도서관, 지방단체, 기관 등의 독서전문가를 구성하여 새로운 독서환경과 기반을 갖추는 협업적 자세가 필요하다.

실질적으로 독서가 미치는 영향보다는 개인적인 독서 향상이 앞으로 더 나은 평생독자로 가는 역할을 하리라 여겨졌다. 개개인마다 독서하는 방법이 다르다 보니 학교에서 다양한 리터러시 교육(Literacy. 도서관의 지식과 정보를 획득하고 이해할 수 있는 능력)이 강화되었으면 좋겠다. 생애 주기별로 사서가 처방해 주고 상담해 주는 시간을 마련해 주는 것도 좋다. 독서로 향상될 뿐만 아니라 평생 성장하는 독자로 만들어 가는 독서상담실을 공공도서관에 갖추었으면 좋을 것 같다.

공공도서관은 도서관에 처음 오는 아이에게 책 읽는 마음을 자연스럽게 연결하고 자리 잡을 수 있도록 생애 첫 도서관 커리큘럼을 마련하여 도서관 이용자로 가는 길을 열어주고 북돋아 주어야 한다.

쌓이다 보면 좋은 도서관 이용자로 성장하며 결국 책 읽는 이용 자로 성장할 가능성이 높기 때문이다. 지역의 기관이나 단체에서 도 독서하는 시간을 늘리는 정책이 필요하다.

세종대왕이 시행한 사가독서제를 도입하여 책을 읽을 수 있도 록 시간을 주거나 휴가제를 마련하도록 도입하면 좋겠다.

다양한 독서의 활동이 있는 기업은 인센티브를 주어 세금을 감 면하거나 더 나은 독서환경이 조성되도록 실질적 지원을 만들어 준다. 이것은 곧 일의 격을 높이고 삶의 질을 향상하는 중요한 제 도라 생각된다.

가장 중요한 것은 독서는 장기투자가 되어야 한다. 갈수록 독서 율이 낮게 나오는 것은 수박 겉핥기식의 독서가 만들어졌기 때문 이다. "주식도 단기적 투자보다는 먼 미래가치가 있는 장기적 종목 투자가 필요하듯이 독서도 차근차근 스며들어야" 한다.

특히, 지역 전체가 책 읽는 분위기를 만들어 줄 수 있는 여건 등 을 갖추어야 한다. 사적이고 개인적인 독서도 매우 중요하다. 그들 의 이야기에 귀 기울여 무엇이 부족하고 지원해야 하는지를 경청하 는 것도 필요하다. 이제부터라도 우리는 큰 미래를 설계해야 한다.

독서와 친해질 수 있는 환경을 조성하여 어릴 때부터 책의 촉감을 느끼고 감각을 익히는 자체가 되도록 자연스러운 전달 방식이 책과의 시간이다. 여기에는 가정, 사회, 기관, 공공의 역할을 분산하여 접촉하는 시간을 늘려 나아가야 한다. 우리에게 필요한 것은 독서라는 큰 목적이 있지만 그 안에 들여다보면 작은 것부터 실천해야 한다. 그것이 생애 책과의 밀착된 시간이다. 밀착된 시간에서 우리는 독서라는 의식과 사고를 만나는 중요한 경험을 하게 된다.

독서를 하는 다양한 방법과 방식이 존재하지만 가장 중요한 것을 놓치면 되풀이되어가는 과정을 할 것이다.

지금부터라도 늦지 않았다. 책 읽는 문화가 삶의 질을 높이고 인생에서 밑거름이 될 것임에는 틀림없다.

충실히 살아가는 삶이 곧 문학이다

"나는 다만 잘못된 것, 부당한 것에 대해 쓸 뿐입니다."

지난해 노벨 문학상을 받은 압둘라자크 구르나가 했던 말이다. 그의 말을 빌리자면 문학이란 결국 잘못된 것, 외면당한 목소리를 기록하고 귀 기울이는 것이겠다. 문학은 힘이 세다. 글귀 하나하나에 의미와 가치를 부여한다는 것은 보는 이에게 강한 울림을 전달하기 때문이다.

문화체육관광부가 발표한 '2021 문학 실태' 조사에 따르면 지난해 10명 가운데 4명(독서율 43%)이 문학 책을 읽었다. 국민 한 사람이 지난해 읽은 문학 책은 평균 2.3권으로 나타났다.

소득이 높을수록 나이가 어릴수록 문학을 찾았다. 문학이라는 것이 삶이 어려울수록 읽는 경향이 많았던 시절도 있었다. 하지만 여유롭게 살아가는 삶이 문학을 찾아 그 의미를 되짚어 보는 것들은 시대가 세대가 변화할수록 그 영향은 클 것으로 여겨진다.

문학에 드러난 글에서 이야기에서 삶에서 그들의 행동 하나, 생각 하나에도 귀 기울이며 우리의 삶을 보듬어 주던 시절이 있었다. 돈이 적던 많던 어리고 늙어도 단 하나 우리 삶을 대변했었고 아픔을 어루만져 주었던 것들이 필요한 것은 현재에도 미래에도 그 영향은 높을 것으로 예상된다.

나는 많은 사람들을 책 공간에서 만났다. 그들의 대화는 삶 그 자체로서의 존경심이다. 빛나고 화려하지 않지만 충실히 살아가는 삶의 이야기가 들려주는 내내 가슴이 뭉클했었다.

나 자신을 되돌아보는 이야기이기도 하다. 아주 작고 보잘것없어도 삶이란 다 귀하다. 문학은 바로 그런 곳에 뿌리내려야 한다. 많이 가진 것이 아닌 평범한 일상에서 건져 올린 기억들을 모아야 한다.

"충실히 살아가는 삶이 곧 문학이요, 지표가 되어야 한다."

우리는 그런 작은 기억에서도 조차 하찮은 것들에 관심을 갖고

품어 주어야 한다. 필요한 삶의 요소이자, 문학이다. 무수히 들여다 보는 것들이 우리의 용기다. '치열한 삶에의 열정과 용기'를 마주 해야 함은 충분히 문학의 의미를 되짚어 볼 수 있다.

　충실히 지속적으로 삶의 용기를 문학에서 넓혀보는 것은 우리 가 살아있음에 의문을 던진다. 의미로운 삶이 문학에 녹아내린다 면 우리는 충실히 살아가고 있다는 증거다. 그런 과정 속에서 독서 문화는 튼실한 뿌리로 내릴 수 있는 이유가 될 것이다.

5

읽는 독자로 성장하기 위한
사서의 시선

학교 도서관에 오는 아이들이 어떤 종류의 책을 대출하고 있는지 유심히 봐왔다. 아이들은 저학년일수록 또래 친구의 영향이 컸고, 고학년일수록 스스로 책을 찾아 대출하는 경향이 있었다.

반면 사서교사, 담임 선생님, 부모의 추천 책으로 대출하는 횟수는 많지는 않았다. 여기서 중요한 어린이라는 세계를 알기 위한 관심의 영역을 넓히고 다양한 책들을 알아가는 것이다.

누구나 책 읽는 적절한 시기가 오기 때문에 아이의 성장과정에 따라 든든한 읽기 독자로 만들기 위한 독서환경이 무엇보다 뒷받침되어야 한다.

책에는 우리가 살아가는 중요한 단서가 숨겨져 있다. 읽는다는 행위 그 자체가 매우 가치 있는 일이다. 우연히 만나는 책 속 주인공에서 용기를 얻거나 희망을 발견하고 잠시 나 아닌 누군가 그들의 삶 속으로 들어간다. 시공간을 넘나드는 그 짜릿함의 순간들이 그 꿈의 시작점이 되기도 한다. 끝이 없는 책 읽기는 나 자신의 성장을 돕기도 하지만 무엇보다 삶의 간접적 경험과 동기의 밑바탕을 튼튼하게 길러준다. 이러한 의미에서 책 읽기는 중요하다.

평생 읽는 독자로 나아가기 위해서는 생활의 루틴이 필요하다. 책을 읽는 습관이 몸에 자리 잡혀야 한다. 개인마다 다르겠지만 책을 읽는 공간이나 시간 때로 필요에 의해 읽는 모든 행위들이 성장하기 위한 읽기의 시작이다.

읽는 독자로 성장할 수 있는 독서습관은 단순히 글을 이해하는 것에서 더 나아가 탐색하고 토론하는 능력들이 필요하다. 독서 습관과 실천의 문제가 아니라 어릴 때부터 책과 친해질 수 있는 촉감과 노출이다. 소리 내어 읽어주거나 손이 닿는 곳에 책이 있도록 하여 자연스럽게 책을 만지고 깨물고 냄새 맡는 과정의 놀이가 어릴 때부터 책과 접촉할 시간이 앞으로 읽는 독자로 성장할 가능성이 높다.

디지털 시대는 급격한 변화를 가져왔다. 우리는 문해력, 즉 다양한 읽기 방식과 복합 양식 읽기에 주목해야 할 필요가 있다. 아이들이 디지털 독서 기기를 잘 다룰 수 있는 교육도 반드시 필요하다. 독자로 성장하기 위해서는 유연한 사고를 길러 폭넓은 독서가 가능토록 종이책과 디지털 독서를 함께 읽는 습관을 가져야 한다.

단단한 독자로 성장하기 위해서는 책 읽기가 즐거워야 한다. 즐거움이 있는 책 읽기는 평생 든든한 독자로 성장하는데 중요한 삶의 패턴이다. 그 과정에서 우리는 책과 떼야 뗄 수 없는 관계에 안착될 것이다. 혼자만의 독서도 중요하지만 함께 책 이야기를 나누는 시간도 중요하다. 함께 책 이야기를 나누는 것은 몰입도를 향상할 수 있는 방법 중 하나다.

책과 나를 이어주는 최적의 공간인 도서관은 심리적, 정서적으로 평생 독서하는 환경을 직·간접적으로 자연스러운 그런 분위기를 만들어 준다. 그런 의미에서 도서관이 공공의 의미에서 개인 한 사람 한 사람의 독자가 만들어지도록 다양한 독서의 연결망을 구축해야 한다고 생각된다 .

북스타트 운동과 첫 인생 도서관, 개인별 맞춤형 단계별 독서 상담 , 북 테라피 등 다양한 독서의 마음을 사서가 그 중심에서 도서관의 끌림의 장소로, 평생 독자로 성장할 수 있도록 돕는 역할을 해야 한다.

매리언 울프의 《책 읽는 뇌》에서 읽기가 인간의 본능이 아니라 만들어진 능력이며 서서히 발전한다고 주장한다. 개인마다 다르겠지만 평생독자로 성장하는 법은 책을 즐겁게 읽는 몰입의 향상성이다. 먼저 어떤 책인지 궁금해 다가가는 정직한 태도들이 평생독자로 이끌어간다는 것임을 기억해야 한다. 아이들이 즐겁게 호기심으로 책을 바라본다면 미래의 읽는 독자로 꾸준히 성장하는 삶이 되지 않을까?

6

좋은 독자가 되기 위한 조건

"왜 읽는가?
저는 세상을 사랑할 새로운 이유를 발견하기 위해 읽습니다.
또한 이 세상을 뒤로한 채 저의 상상 너머,
저의 지식과 인생 경험밖에 있는 것을
엿볼 수 있는 공간으로 들어가기 위해 읽습니다."

매리언 울프

출근하기 전에 책장을 둘러봤다. 읽었던 책과 익혔던 책들 사이에 곱씹었던 문장들이 기억나지 않았다. 그 많던 문장들은 어디로 살아졌을까? 자극과 위로 때론 보통의 언어 속에서도 나를 깨워주었다. 참 아이러니하게도 독서란 딜레마요, 모순덩어리다. 그러니

읽지 않을 수 없는 속박이다. 가장 좋았던 책을 골라 출근길에 넣었다. 조르바와 바틀비, 뫼르소, 니나, 한스 기벤라트와 같은 멋진 주인공을 만남의 길은 언제나 순간의 기억은 좋았다.

책 속에 나오는 작가의 말과 수많은 사례들을 읽고 알게 되면서 여러 주제 분야의 책의 의미를 연결하여 세상의 눈을 보다 넓게 보는 안목이 생기도 했다.

어쩌면 책이란 한마디라도, 눈길이라도, 곁눈질하는 마음에서 어루만져 줄 때 존재가치는 빛날 것이다. 사람들이 덧칠해 놓은 이야기들이 때론 우리를 감미로운 세계로 인도할지도 모르니까요.

책을 읽는다는 것이 중요하다는 것은 누구나 알고 있다. 하지만 읽는다는 것이 복잡한 관계가 얽혀있기 때문에 설 불리 말할 수가 없다. 단순히 읽는다는 것에 벗어나 꾸준히 읽고 그 순간들을 기억해야 할 자세가 필요하다. 그 자세는 읽는 독자로서의 예의다. 읽는 독자로서의 예의란 책 속의 글귀나 문장을 스쳐가는 것보다 이해하는 자세를 갖는 것이라 하겠다.

도서관에서 대출하거나 동네 책방에서 구입한 모든 책들에게 예의를 다해야 하는 것이다. 읽고 또 읽는 것 외에도 한 번쯤은 제목에서 표지에서 부제목에서 깊은 의도를 생각해 보았다. 쓴 작가의 이력을 살펴보며 그의 삶의 밑거름을 들여다보았다. 프롤로그에서 쓴 글의 의도를 다시 한번 생각하는 시간은 읽는 독자가 지녀

할 중요한 자세이겠다. 책에 대한 예의만 갖춘 독자라도 독서는 나에게 들어오는 길목이다. 그 자세를 잊지 않는 것이 읽는 독자가 꾸준히 성장하는 힘을 키울 수 있다.

내가 생각하는 읽는 독자가 지녀야 할 예의를 몇 가지 소개한다.

① 책장에 진열된 책 표지를 유심히 살펴본다. 얇은 책, 두꺼운 책, 길고 허름한 다양한 책들이 나를 유혹할 때가 있다. 그중에서 그림책은 생각 외로 또 다른 감성을 주기도 한다. 그림책을 홀대하는 것은 좋지 않은 습관이다. 그림책은 시처럼 우리의 인생과 닮아 있는 함축된 글과 그림이 그려져 있음을 기억하자

② 습관의 전문가인 찰스 두히그의 《습관의 힘》이라는 책에서 신호, 반복행동, 보상이라는 습관 고리를 집중적으로 연습해야 한다고 한다. 독서습관도 습관 고리로 만들고 집중적으로 연습하면 가능성이 충분하다.

아침에 일어나 커피를 마시며 책상에 놓인 책을 살펴보는 행동의 의식이 무의식으로 바뀔 때 나에게도 나름의 보상을 해주는 것이 이 또한 책 읽는 독자가 지녀야 할 습관적 자세를 가져야 한다.

③ 책을 깨끗이 읽어야 하겠다는 고정관념보다는 책의 페이지마다 포스트잇을 붙이고 중요한 것은 메모하고 줄을 긋는

행위는 그 책을 나의 것으로 만들겠다는 행위이다. 단단하게 독자와 책과의 연결은 오래지 않아 가깝게 여겨진다는 사실이다.

④ 책을 쓰는 작가는 자신의 다양한 경험들을 책 속에 녹아냈다. 그 경험과 자신의 경험을 비교하다 보면 궁금한 것이 생기고 질문할 문장이 늘어날 수밖에 없다.

항상 궁금함을 열어가는 태도다. 궁금하다는 것은 책에서 느낀 것들이 많았기 때문이다. 궁금한 것을 질문하거나 글 쓴 작가에게 글의 의도를 알아가는 것 자체가 그 책을 오롯이 나의 것으로 받아들인다는 것에 책에 대한 예의를 다한다는 것에 큰 의미를 두었다.

⑤ 얼마 전 '심심한 사과'라는 글귀가 도마 위에 오른 적이 있었다. 오해를 불릴 소지가 크다 보니 문해력이 중요한 이슈가 되고 있다. 문해력이 중요한 이유는 책을 읽을 때 의도하는 봐, 의미를 이해하고 읽어가는 태도가 중요하게 작용된다. 읽는 독자는 책의 단어나 문장, 관용구를 잘 살펴 체득하는 자세가 오늘날 더욱 중요해졌다는 사실이다.

이외에도 독자가 가질 예의가 많을 것이다. 책을 읽고 한 번쯤 자신에 맞는 독서 예의를 습관적으로 길들이는 것이 매우 중요하다. 현재를 살아가는 우리는 타인과의 예의가 필요하듯이 읽는 독자가 갖추어야 할 예의는 나를 위한 것도 있지만 책이 지닌 다양한 속성과 쓰고 그린 작가에게 하나의 눈길을 주어 그 가치를 충만하게 만들어 가야 한다. 정체되어 있던 나의 독서 시간을 다시 한번 되짚어 볼 수 있는 생각의 전환을 도와주기에 더없이 그 예의에 최선을 다해야 한다.

책 읽는 독자가 가진 예의는 그 사람의 품격이며 앞으로 읽을 책들에 대한 예의다. 그 습관은 오래갈수록 좋은 습관으로 자리 잡을 수 있다. 좋은 습관이 모여 읽는 독자를 더욱 성숙한 독자로 가는 데 밑거름을 줄 수 있을 것이다. 그 밑거름은 의식과 사고의 세계를 확장하는 일이라 중요하지 않을 수가 없다. 책을 사랑하고 고귀하게 여기는 정직한 독자가 많이 나올 수 있도록 독서 문화시민으로 성장할 가능성이 높다.

> "'독서의 경험'과 '삶의 여정에서 겪는 경험'을
> 거울처럼 서로를 비춘다."
>
> **알베르토 망구엘 《은유가 된 독자》**

7

책 읽을 결심은
독서습관부터

2023년 새해 계획에서도 어김없이 빠질 수 없는 것이 독서다. 세우기는 쉬워도 결심하기는 어려운 것이 책 읽기다. 꾸준히 습관적으로 해 온 사람은 그리 어렵지 않게 접근할 수 있다. 하지만 읽는 마음을 느끼지 못한다면 습관화되기 어려운 것이 독서임에 틀림없다.

오사다 히로시의 《책은 시작이다》에서 "사람의 불확실한 인생에 독서가 가져다주는 것은 존재의 감각이고, 또한 존재의 흔적입니다."라고 남겼다. 독서란 지극히 인간적이고 개인적인 행위인 동시에 사회적으로 존재 가치를 높인다. 결국 책을 읽는 것은 참으로 근사한 일이기 때문에 일상에 필요 이상으로 값어치를 더하기에 충분하다.

책을 얼마나 많이 읽는 것도 중요하지만 책을 읽고 나서 어떻게 내 삶에 와닿았는가? 나는 얼마나 간절했는가? 하는 작은 행동적 실천이 담겨 있어야 한다. 예를 들며, 김훈의 《하얼빈》을 읽고 뮤지컬 영화 '영웅'을 감상하면 안중근의 가난과 청춘, 그의 총은 언어의 손짓으로 대의를 위한 숭고한 희생정신이 개인적으로 큰 울림을 주었던 시간이었다. 책과 뮤지컬 영화의 만남으로 강력한 흡입되는 끌림이 좋았다.

읽은 책을 분석해 보면 사회적 흐름이 나의 삶과 닿아 있었다. 사회, 경제적 자유, 불평등, 가족, 친구 등의 주제어는 우리가 처한 근접한 이야기는 읽고 나누고 생각하는 물리적 행위가 행동하는 범위를 넘어서고 질문과 의문을 가지는 시간을 통해 인식의 차원을 복원시켰다.

관심에 오는, 거리감에서 오는 책과의 밋밋한 싸움은 오히려 나 자신을 평가절하했다. 나는 자연과학, 예술, 언어의 책들을 깊이 들어가지 못했지만 '뜻밖의' '우연의' 추상적 영역들이 영향을 주는 것은 주변의 환경이 매우 중요하다는 사실을 입증하고 있다.

알쓸인잡에서 활동하는 김상욱 교수의 과학과 우주, 인간에 관한 것들이 그나마 자연과학 분야를 탐구하는데 상당히 도움을 주었다.

그중 재미없는 독서 함정에 오히려 부정적 편견에서 오는 오류에 빠져있다는 사실이다. 100권의 목표보다는 많지 않아도 나에게 필요한 책이면 충분하다. 냉소하거나 부담감에 방해를 받을 수도 있고 강박관념이나 분위기에 휩쓸리지 않도록 읽고자 하는 마음가짐과 습관이 오히려 독서하는데 큰 힘을 줄 것이다.

어떤 책을 골라야 할지가 일 년의 독서를 판가름하는데 중요한 영향을 미친다. 책이라는 것이 MBTI(성격유형)처럼 나의 성향에 미치는 영향이 크다. 그렇다면 어떤 책을 읽어야 할까? 남의 귀동냥으로 부족하다. 주변에 독서가가 있다면 좋겠지만 만났다는 자체가 쉽지 않다. 요즘 유튜브로 책을 소개하는 개인 방송도 있고 개성적인 동네 책방, 도서관 등 다양한 독서환경에서 우리가 담아낼 수 있는 것이 많아졌다. 이 모든 것들을 잘 활용한다면 책을 선택하는 폭이 훨씬 많아진다. 특히 도서관은 나 아닌 타인의 책을 읽는 자체 공감의 시간을 느낄 수 있다는 것이다. 서가 사이사이 책과의 조우, 책 읽는 타인의 시선, 북큐레이션의 역동성, 관심의 대상이 많다 보니 종종 욕심을 드러내지지만 뜻밖의 발견(feat. 세렌데피티)은 그 이상의 경험치는 멋진 보물을 만나는 것처럼 공중에 떠있는 기분이라 할까.

책은 사람의 인연처럼 다가올 때도 있고, 의외의 공간에서도 인연으로 닿을 수 있는 것이 책이다. 책은 많으나 어떤 책을 읽어야 할지 감이 오지 않을 때는 동네 책방이나 도서관을 찾아가는 것이 가장 좋은 방법이다.

책방 지기도 사서도 있고 북 큐레이션을 참고하거나 서가를 서성거리다 보면 책은 다가올 수 있다. 책 읽는 것은 재미요, 흥미요 습관이 중요하다. 함께 할 수 있는 분위기를 만들어주는 문화가 독서의 다짐에서 조금 다져가는 밑그림이 생긴다.

> "습관은 인간이 가진 두 번째 천성으로
> 그 사람의 첫 번째 천성을 파괴한다."
>
> 블레즈 파스칼

결심보다는 습관을 길들어 보는 것을 먼저 권하고 싶다. 독서 경험의 시간을 많이 가져보면 우리가 놓친 책 읽는 흐름을 알게 될 것이고 책 읽는 자연스러움의 정서가 자리 잡을 수 있다.

즉, 작가 북 토크, 독서 모임, 독서 행사. 책방송, 동네 책방이나 도서관에 둘러보거나 사서, 책방 지기에게 책 상담을 통해 추천을 받아 본다. 때론 그런 직접 경험이 가진 자세가 독서의 밑거름으로 성장할 가능성이 높다. 새해엔 독서하는 결심보다 작은 습관을 들일 수 있는 마음의 자세를 길러보자. 분명 책 읽는 마음들이 모여 작은 꽃을 피울 수 있으니까.

독서는 등산과 같다. 책을 읽는 동안 파고드는 저자의 글들이 즐거움을 더하고 다 읽고 나면 헛헛함을 채워주듯 든든함이 밀려온다. 등산도 오르면 오를수록 탁 트인 풍경의 멋이 다르다. 정상은 그야말로 책 한 권을 읽는 것처럼 또 다른 그 길 위에서 목표를 그려본다. 등산을 하듯 책을 읽어나가기를 바라는 독자가.

8

학교 도서관 사서,
책 읽는 마음이 닿도록

나는 초등학교 도서관 사서다. 학교 도서관 문을 열고 불을 밝히면 서가에 꽂힌 책들이 각자 청구 라벨로 개성을 드러내고 있고, 구석진 서가에 머물러 있는 반듯하고 눈에 들어오지 않는 책들은 오늘 몇 명 아이의 손에 닿을지 궁금해진다. 아이들이 하나둘 도서관에 오면 서가에서, 검색용 컴퓨터 앞에서, 좋아하는 공간에서 소곤소곤 이야기를 나눈다. 저학년~고학년에 따라 질문하는 수준이나 독서 성향이 다르다.

"재밌는 책 추천해 주세요." "무섭고 공포스러운 책 추천해 주세요." "로맨스나 추리소설 없나요?" "사서 선생님이 좋아하는 책 알려주세요." "MBTI 중 용의주도한 전략가인 INTJ에 맞는 책 있나요."

나는 어린이들과 함께 학교 도서관에서 책을 읽고 떠들며 재미난 일들을 만들어 가고 있다. 아이들과 함께 성장하고 싶어 아직도 도서관이라는 무한의 공간에서 새로움을 꿈꾸고 있다. 그런 나날이 어느덧 두 번의 초등학교 전보로 11년이 훌쩍 지났다. 질문 수준이나 학년별 차이로 인해 사서로서 한계에 부딪힐 때도 있었다. 어린이의 세계를 알아 간다는 것이 어려웠고, 분야별 포괄적인 책읽기가 부족해 답답했던 시간도 있었다. 그렇게 꾸준히 아이들과 어울리며 꾸준히 책을 보며 직무연수에 참여해 다양한 스킬을 배우며 사서의 역량을 키워나갔다.

아이들 한 명 한 명의 독서 상태를 파악하고 추천할 책과 독서방법을 알려주는 독서 길잡이 역할을 하고 싶지만, 학교 도서관 사서의 근무환경은 매우 열악하다. 아이들이 방학을 맞아 학교 도서관을 가장 많이 이용하다 보니 항상 열려 있어야 하기에 직무역량 강화 연수는 마음껏 쓸 수 없는 실정이다. 사서의 고유 업무 밖의 업무를 맡은 경우도 많고, 방과 후의 두드림 학교의 경우 정서적 심리적 어려움이 있는 아이 대상으로 그림책을 읽어주고 '나를 찾아가는 행복 찾기' 활동을 통해 마음을 정화하는 수업이지만 교사가 아니라는 이유로 수업권이 없었다. 사서가 가장 잘할 수 있는 독서치료 수업을 전문성조차 외면당하는 현실이다.

그럼에도 불구하고 전담사서는 이런 열악하고 불안한 조건 속에서도 아이들에게 책 읽는 마음이 닿도록 지역의 자체 연수하거나 책모임, 연구회를 통해 열정을 다하고 있다.

"학교 도서관에서는 흥미진진하고도 재밌는 일들이 벌어지죠. 책 속의 놀이터가 되기도 하고, 고민 상담도 하고, 친구와 같이 놀이를 즐기기도 해요. 하지만 이 좋은 것들이 모든 아이가 누릴 수 있는 혜택이 아니라는 점이 안타까워요. 모든 초등학교에 사서 선생님이 있는 게 아니니까요."

지역신문 또는 책 모임에서 도서관 사서에 관해 발언할 기회가 있을 때마다 나는 이런 말을 하곤 했다.

학교 도서관에서 사서가 할 일들은 많다. 전교생에게 학교 도서관을 이용하는 방법을 알려주고 원하는 책을 어떻게 찾아 읽을지 알려주는 이용 교육부터 여기에 독서 동아리와의 책 수다, 각종 독서 행사, 책 읽기 연간 계획 수립 및 작가와의 만남, 독서인증제, 교과 협력수업, 책의 안내와 처방, 북 큐레이션… 일련의 독서 경험 쌓기 과정은 아이들을 책 읽는 독자로 성장시키기 위한 사서 선생님의 열정 어린 노력이 큰 역할을 한다.

책을 대출하는 업무 또한 단순해 보이지만 아이의 눈빛을 읽어내며 대화할 수 있는 중요한 과정이다. 이 과정을 통해 아이의 성향과 좋아하는 책을 파악하고 다음에 읽을 책을 추천할 수 있기 때문이다.

초등학교 사서의 이런 노력은 어린이의 이해 폭을 넓혀가는 데 중요한 시간으로 작용한다. 문해력뿐만 아니라 독서습관과 책 읽는 아이로 성장하기 위한 방향을 잡아주기 때문에 그 역할은 중요하지 않을 수 없다.

학교 도서관에서 벌어지는 일들은 상상외로 다양하다. 성장기를 겪는 성장통과 아이들 개개인의 문제가 복합적으로 드러나기도 한다. 도서관은 아이들이 책을 매개로 사서에게 자신의 이야기를 들려주고 풀어나가는 열린 공간이다. 읽고 싶은 책도 있고 싫어하는 책과 이름을 불러주고 싶은 책들이 사는 학교 도서관이 아이들과 닮았다는 것에 감사할 따름이다.

어린이의 태도에서 전해오는 책 읽는 모습이 예전과 전혀 달라졌을 때는 사서로서 보람을 느낀다. 그런 뭉클했던 기분을 오래 느끼다 보니 사계절이 변할 때마다 새롭다. 특히 1, 2학년 대상으로 격주 수요일마다 직접 교실로 찾아가 그림책을 읽어주는 날에는 긴장되지만 아이들의 눈빛 하나 설렘으로 가득 담기곤 한다. 그러면서 나도 그림책에 빠져들었고 그 과정을 늘렸다.

몇 년 전 수줍음으로 다가온 아이의 두근거리는 마음을 잡아준 것은 초등학교 사서로서 가장 뜻깊은 시간이었다. 아침 일찍 학교 도서관에 온 아이는 늘 혼자였다. 아이에게 도움을 청했고, 그 아이는 처음에는 서툴렀지만 아침마다 도서 대출과 반납, 어린 동생에게 책을 검색하고 찾아주는 도서관 봉사를 하며 즐거워했다. 짧고 재밌는 책을 권하자 아이는 책 읽기도 좋아했다. 방과 후 시간에 책 이야기를 들려주었다. 독서 동아리에 참여하거나 적극적으로 도서관을 도와주고 또래 친구에게 책을 권하는 아이의 변화된 모습에 나 또한 놀라웠고 선한 영향력으로 한 아이의 마음으로 다가갈 수 있다는 것을 체감했다.

나 또한 어린이책을 접하면서 어린이에게 권하고 싶은 책이 많아졌다.

"선생님은 MBTI가 뭐예요? 나는 ENFJ, 저는 ESFP, 친구는 INTJ."

요즘 학교 도서관에 오는 아이들을 엿듣다 보면은 MBTI에 대한 이야기를 자주 한다. 자기에게 맞는 성향만큼이나 다양한 독서 취향을 정확히 맞출 수는 없겠지만, 성격에 맞는 책을 추천하면 아이들은 주인공을 따라 자신을 발견하고 건져 올린 성장의 끈을 살필 기회가 되기도 한다. 예를 들어 자신만의 강한 신념을 가지고 있는 정의로운 사회운동가 타입인 ENFJ는 '나'를 성장하는 책인 이재문 《몬스터 차일드》나 황영미 《체리새우:비밀글입니다》를 추천했다.

친화력이 좋고 사교적인 자유로운 영혼의 연예인 타입인 ESFP는 예측을 불허하는 공감 불능 사회에 고통과 공감의 능력을 깨우쳐주는 손원평 《아몬드》, 루이스 쌔커 《구덩이》를 읽어보기를. 냉철하고 용의주도한 전략가 INTJ는 독자들의 마음을 두드린 R.J. 팔라시오 《아름다운 아이》, 아스트리드 린드그렌의 장편동화 《사자왕 형제의 모험》을 권했다.

학교 도서관 사서는 어린이의 목소리를 듣고 함께 채워 나간다. 책으로 연결된 모든 시도는 다양할수록 좋다. 어린이가 평생 책을 읽는 독자로 성장하기 위해서는 학교 도서관을 제대로 운영할 수 있는 사서 선생님이 절실히 필요하며, 충분한 직무연수 기회 확대와 보장으로 전문가로서의 충분한 관심과 지원이 다가오는 학교교육의 미래에 지극히 닿을 수 있기를 바란다.

9

야금야금
그림책 잘 읽는 법

그림책을 읽어주는 것은 그림 자체보다는 글과 그림이 상상 그 이상의 세계로 스며든다는 것의 매력에 빠졌다. 생각지도 못한 그림 속의 진지한 표정과 익살스러운 것들이, 어른이 보아도 좋을 듯하다. 아이들과 함께하는 짧은 시간에도 그림책과 함께한다는 그 자체에 행복감을 더했다. 그림책을 만나고 아이들을 만나는 그 시간만큼 한 뼘 자라는 마음의 이야기가 오고 갔다.

학교 도서관에서 만난 아이들에게 좋은 그림책을 읽어주고 싶은 마음이 남아 있었지만 늘 서툴러 힘들 때가 많았다. 좋아하는 것이 무엇인지? 싫어하는 것이 무엇인지? 추천하고 싶은 것, 감동을 주고 싶은 것 그 마음을 담아 주고 싶었지만 늘 아쉬움이 잠재돼 있었다.

그림책은 오감을 느낄 정도로 감성이 풍부해지는 모든 세대가 아우르는 모두가 즐기는 책이다. 나 또한 그림책을 만나고 나서 어릴 적 감성이 스몄고 아이를 다가가는 마음이 생겼다. 그림책을 읽어주면 줄수록 책의 힘을 느꼈고 아이들을 바라보는 관점도 넓어졌다. 다만, 깊이 들여다보는 것이 부족했다. 김혜진의 《야금야금 그림책 잘 읽는 법》은 그림책의 글과 그림, 다양한 표현들을 읽어낼 수 있도록 쉽고 명료하게 들어가는 과정의 길잡이로 부족했던 부분들을 차곡차곡 채워줬다. 내가 잘하고 있는, 못하고 있는 혹은 놓친 부분이 없는지 점검의 시간이 되었다.

이 책을 읽고 나서 그림책 한 권 한 권마다 표지부터, 면지, 끝맺음까지 하나라도 놓지 못할 정도로 몰입하는 힘을 배웠고 흥미로운 사실을 발견했다.

"그림책은 페이지가 제한적이기 때문에 책을 구성하는 모든 것이 내용과 관련이 있다고 보아야 해요. 그래서 표지부터 모든 걸 꼼꼼히 살펴야 해요. 본문 외에 나머지 부분은 신경 쓰지 않고 내용에만 집중해서 읽었다면, 그림책을 다 읽지 않았다고 말할 수 있어요. 그만큼 그림책에서는 책을 구성하는 요소들이 중요한 기능을 합니다."

그림책에 대한 무한한 정보와 의미들은 곧 한 권이 전해주는 놀라운 힘은 아이들의 마음에 담길 것이고 어마어마한 책 속으로 빠져드는 힘이 나타날 것이라 여겼다.

이 책은 어렵고 궁금한 점을 이해하기 쉽게 풀었다. 독자가 그림책의 매력에 빠질 수 있도록 했다. 야금야금 씹어 먹는 재미가 있다. 다양한 아이들을 만나지만 정작 그 아이들의 그림책 읽는 성향이나 좋아하는 것들을 파악하는 것이 현재 중요한 시점에 있었다. 이 책을 만나 읽는 방법과 스킬을 다시 한번 되짚어 보았다.

"낯선 책은 나름의 읽는 방법을 찾아가며 읽는다."

휘발성이 강하니 그림책 보는 관점부터 달리한다. 관점이 달라지는 것은 그림책을 읽는다는 것보다 한 아이에게 다가가는 마음을 붙잡고 싶은 심정일 것이다. 그림책은 경험할수록 충만했다. 그림이 왜 그렇게 짜여 있는지, 그런 색을 쓴 이유는 무엇인지, 앞뒤 그림은 왜 그렇게 연결하였는지 등 그림책이 가진 의미는 무궁무진하게 담고 있다.

그림책을 독자에게 닿게 하고 의미 있게 만드는 방법을 알아가는 것도 중요하다. 이제 아이들과 함께 읽는 시간이 필요하다. 이 시간만큼 그림책과 나, 아이와 온전히 연결하고 들여다보아야 한다. 그 경험이 쌓이고 쌓여 그림책을 대하는 마음의 자세는 넓혀가는 힘이 된다.

사서,
도서관을 사랑하는
이용자

1

도서관이 가진
선한 영향력

"도서관은 공간이 가진 분위기와 사람, 그리고 책 사이에 흐르는 마음들이 있다."

삶과 맞닿아 있는 도서관이란 어떤 곳일까? 평소 우리가 누려야 할 당연한 삶의 일부분인 책문화, 도서관 문화이지만 이용의 가치를 잘 모르고 있다. 삶과 맞닿아 있기에 마음이 허전하거나, 지적 목마름을 채우거나, 번아웃이 되었을 때 아니면 그 공간의 흐름을 익히는 것들이 모여 도서관은 우리의 부족함을 채워줄 수 있는 매력적인 곳이기 때문이다.

누구에게나 열려있는 도서관은 삶을, 일상의 평범한 것들을 품어주기도 한다. 그저 삶과 맞닿아 있기에 문화 놀이터가 되었고 삶의 질을 높여 주었다. 자전거를 타는 아이들, 장기를 두는 어르신, 운동하는 동네 사람들, 책을 읽는 청소년, 이 평범한 것들이 모여 도서관이라는 곳에서 자연스럽게 삶과 연결되고 흡수되었다. 수많은 도서관 이야기들이 모여 우리 삶의 가치를 높였고 성장을 지속시켰다.

도서관에서 수많은 이용자가 전하는 무수한 질문과 토론은 우리 삶의 변화와 민주주의의 힘을 보여 주었다.

아이는 처음 방문한 도서관에서 눈으로, 입으로, 손으로, 귀로 모든 감각들을 익히고 첫 삶의 도서관을 경험하게 된다. 아이는 성장하면서 도서관에서 누릴 다양한 것들로 펼쳐보고 지적으로 논리적으로 합리적으로 성숙해지는 시간을 거쳐 일생의 도서관 라이프 스타일로 만들어갈 것이다.

"유아부터 성인까지 다양한 사람들이 자연스럽게 어울리는 곳이 도서관이다. 도서관에 오는 사람들은 저마다 이유를 가지고 있다.

꿈을 찾으러 오거나 정보를 찾는 사람,

무료함을 달래거나 휴식을 찾는 사람,

교양이나 지식을 좇는 사람들이 여행하는 도서관에는

신비로운 이야기가 무궁무진하게 펼쳐져 있다."

《삶과 맞닿아 있는 도서관의 힘》

우리 삶의 채워줄 수 있는 것이 도서관에 있다. 도서관은 비우는 것보다는 채워가는 공간이다. 혜택을 누릴 것이 많은 곳이다. 몰랐던 책들의 수준과 영감을 얻었고 사서의 선한 영향력이 새로운 세계로 가는 꿈을 꾸게 했었다.

도서관은 끊임없이 성장하는 유기체다. 책 한 권에는 수많은 이야기가 존재하고 그 수많은 세계가 만들어지는 공간이 도서관이다.

오스트리아의 사회학자 이반 일리치(Ivan Illich)는 아무리 함께 나누어 써도 부작용이 없는 세 가지를 자전거와 도서관 그리고 시라고 하였다. 자전거를 타고 도서관에서 시 한 편을 읽어도 우리 삶을 아름답게 함께 할 수 있다는 것이다. 사람과 책을 연결하는 힘이 삶을 바꾸고 그 안의 문화가 다시 새로운 이야기로 만들어지기를 바라며 오늘도 도서관에 닿았다.

책 읽기 좋은 날에 아이들과 함께 동네 도서관으로 책 여행을 떠나 보면 어떨까요? 도서관은 우리 삶과 맞닿아 있기에 특별한 존재다. 여전히 우리 삶에 스며드는 도서관에서 삶의 질과 가치를 높여볼 때이다.

2

사서가 말하는
도서관 100배 활용법

"나에게 도서관은 무엇인가?
생각해 보면 도서관은 백수 시절 무일푼이었던 나를
책과 함께 할 수 있도록 하였고 세상의 모든 이야기들을
연결해 주는 소통의 장을 마련해 주었다.
나는 그곳에서 꿈을 키웠고 도서관은 방황했던
나를 이끌어줬다."

도서관에 관한 추억이나 꿈을 키워왔던 이용자를 도서관은 언제든 아무 조건 없이 내려준다. 활용할수록, 이용할수록 도서관에는 우리가 살아가는 모든 것들이 잠재돼 있어 매료되기에 충분하다. 사실 이 모든 것들이 사서의 노력 없이는 불가능한 일이다.

사서라는 직업은 모든 학문을 포괄하고 있기 때문에 여러 가지 탐색과 정보를 수집하는데 그 역할을 충실히 하는 자세가 필요했다. 끊임없는 자기 계발과 새로운 책을 읽어보는 것은 매우 중요하다.

사서가 도서관의 안과 밖을 알려주고 싶은 이유는 도서관이 한정된 공간만이 아니라 세상의 모든 영향을 품고 있기 때문이다. 이용자는 도서관을 더 깊게 알아가기를 원한다.

도서관으로 쓰고 싶은 이야기가 많다. 아직 그곳에 닿기 위한 가능성이 무궁무진하기 때문이다. 특히 도서관을 보는 관점에 따라 이용자가 바라는 시선이 다르다. 그 시선을 달리 보는 관점을 새롭게 보이도록 노력하는 것이 사서의 일이기도 하다.

그 안을 들여다보면 이용자를 위한 다양한 서비스와 행사, 문화강좌, 북 큐레이션 등 많은 것들이 생명의 유기체처럼 움직이고 있다. 당연히 누려야 할 것들이 살아지지 않도록 우리는 문화시민으로 성숙되어야 할 자세를 지녀야 한다. 그것이 문화의 강국이 되고 우리의 삶 또한 질적으로 성장하게 된다.

도서관은 사서가 가장 잘 알고 제공할 수 있는 역량을 가지고 있다. 채우지 못한 정보의 양과 질을 보탠다. 이용자가 생각하지 못한 것들을 알려주고 그 활용 방법을 이용할 수 있도록 안내하고 서비스하는 역할을 한다.

도서관이 한정된 공간이라 생각하면 오산이다. 도서관은 모든 종류의 책이 분류돼 있고 사람이 살아가는 지식과 지혜를 끊임없이 방대한 자료를 바탕으로 무한으로 제공하는 곳이기 때문이다. 가보고 싶은 세계, 인물, 장소 등을 거침없이 간접적으로 접선하는 곳이기 때문에 도서관을 제대로 활용하고자 하는 노력이 필요하다. 도서관의 영역은 끝이 보이지 않아 넓고도 넓은 미지의 세계다. 이용자의 관심과 노력이 없다면 도서관도 한낱 벽돌 건물에 지나지 않을 것이다.

도서관만큼 풍부한 세련미를 볼 수가 없다. 도서관 로비에 들어찬 책과 도서관 서비스, 문화강좌와 독서모임, 지역의 인물과 안내되는 다양한 것들이 이용자를 설레게 한다. 복도마다 걸린 북 큐레이션과 책의 설명이 선택의 폭을 다양하게 심어준다. 각 실마다 전하는 추천 책들이 이용자를 기다린다. 주제 전문 사서가 알려주는 책 소개는 돈으로 살 수 없는 귀한 선물이다. 어디서나 맛볼 수 없는 도서관의 속성은 '움직이는 성장 유기체'다.

도서관은 그냥 가는 것이 아니라 생활에 몰입하여 활용하는 자세를 지녀야 한다. 사서와 함께 도서관이 가진 영역들을 하나하나 살펴보며 알아간다면 도서관의 문화 영역은 훨씬 세련되고 문화인으로서 품격을 높이는 계기가 될 것이다. 함께 고민하고 풀어간다면 우리의 도서관은 그 이상으로 삶과 맞닿아 진화되는 것은 시간문제다.

여러분이 살고 있는 가장 가까운 도서관에 방문하여 로비에서 자료실, 휴게공간까지 공간 공간마다 사서가 숨겨놓은 이용자를 위한 서비스를 이용해 보면 좋겠다. 이런 작은 것들이 모여 문화시민으로 성숙되는 힘이 되지 않을까?

3

학교 도서관에
사서 선생님이 필요한 이유

학교 도서관이라는 공간에서 어린이들과 웃고 떠들고 때로는 슬펐고 기뻐했던 시간이 열 고개를 훨씬 넘어갔다.

그러는 동안 학교 도서관에도 많은 변화가 있었다. 어린이는 그만큼 자랐고 저 또한 어린이 덕분에 한 뼘 더 성숙했다. 10년이 지난 지금도 어린이책을 살펴보고 읽어오고 있지만 큰 무게에 봉착되는 경우가 많았다. 왜냐하면 책에서만 정답을 유추할 수는 있지만 중요한 것은 어린이의 마음을 헤아리는 경험의 방대한 정보가 필요하기 때문이다. 좋거나 나쁘거나의 엉뚱한 질문은, 존중하고 배려하는 마음이 없다면 앞으로 나아가지 못할 것 같았다.

어린이는 획일적인 교실보다는 학교 도서관 공간을 좋아한다.

오래 머물고 싶은 것 외에 재밌고 흥미로운 책이 있고 사서 선생님이 있기 때문일 것이다. 사서 선생님은 늘 친절하게 궁금한 점을 받아주고 책 추천뿐만 아니라 특히 고민거리를 들어주는 것이 가장 크다.

고민거리는 학교생활부터 교우관계, 책 고르는 방법, 진로 등 어린이의 이야기는 생각보다 진지함이 있었다. 더 큰 범위에서는 양질의 독서를 향한 프로그램을 운영하는 데 있겠다.

'사서 선생님'은 학교 도서관을 운영하면서 교과 협력수업 지원, 책의 안내와 처방, 독서교육과 관련된 프로그램 서비스, 디지털 리터러시 교육(Digital Literacy. 디지털로 접할 수 있는 여러 매체들의 정보들을 도서관에서 읽고, 분석하고, 잘못된 정보를 찾고, 더 나아가 창작할 수 있는 능력) 등 학교 교육에 중요한 중추적 역할을 담당하고 있는 전문인력이다. 어린이의 평생 독서 성장을 도와주는 그만큼 없으면 안 될 존재다.

"수업과 학생지도는 교사에게, 급식은 영양사에게, 도서관 일은 사서직에게. 이것이 상식 아니냐."라고 말한 창원의 중학교 교사의 용기 있는 1인 시위가 울림을 주었다. 전국적으로 사서교사가 배치된 학교는 12%도 안 되는 실정이라 그 심각성이 낳은 병폐는 고스란히 아이들에게 피해를 준다는 사실에 놀라움을 감출 수 없었다.

독서교육 전문가인 사서 선생님이 없다면 학교 도서관이 있어도 유명무실한 정도다. 있고 없고는 큰 차이를 가져오는 것은 분명하게 알 수 있다. 도서관을 활용하여 책 읽는 환경에 도움을 주지만 사서 선생님이 없는 학교 도서관은 단순히 부속건물로 전락하는 '속 빈 강정'이 되고 마는 것이 현실이다.

아이들은 독서교육에 많은 혜택을 누릴 뿐만 아니라 단기간에도 많은 변화를 실천하게 된다. 이를 통해 사서 선생님은 학생들의 평생 독서가 평생학습자로 자라날 수 있는 소양을 길러내고 단단한 삶으로 살아가는데 힘을 보탠다.

복잡 미묘한 폭넓은 중심축에 속한 사서 선생님은 어린이의 독서의 길잡이 역할을 보이지 않는 중대함이 연결되는 가치가 있음을 말하고 싶었다. 사서 선생님이 그저 대출 반납하고 바코드 찍는 단순한 사람으로 인식되어 버린 사회적 관점을 달리할 때이다. '1학교 1사서'의 실현은 어린이들을 위해 꼭 필요한 일이다. 정상적인 사회 실현에서 반드시 필요한 시대적 요구이다. 어린이가 평생 읽는 독자로 성장하기 위해서는 학교 도서관의 역할을 제대로 운영할 수 있는 전문 인력인 사서 선생님이 절실하다.

4

다른 세계의 문을 열고 탐험하는
학교 도서관

자신의 색깔로 책을 만나는 학교 도서관

학교 도서관에서 근무한 지 10년이 훌쩍 지났다. 그 10년 동안 학부모와 지역주민, 교직원, 아이들과 책 그리고 도서관이라는 공통의 매개체로 인연이 되어 서로 도움을 주고받았다. 이용자 한 사람 한 사람 행복해하는 모습들을 보았고, 그들로부터 나는 뜨거운 미래가 가까이 있음을 느낄 수 있었다. 그 매력에서 헤어나지 못한 채 나는 오늘도 한 아이라도 학교 도서관으로 오게 하는 마법을 부리고 있는지 모른다.

책을 좋아하지 않는 아이는 없다. 단지 좋은 책을 발견하지 못하는 아이만 있을 뿐이다. 아이들마다 자신의 색깔로 책을 찾을 수 있도록 학교 도서관에서 좋은 환경을 만들어주는 것이 중요했다. 학교 도서관은 다양한 색깔과 빛깔로 아이들을 그려내고 있다. 정보와 자료를 찾는 것 외에 활용 수업을 하고 진로를 탐색해 보며 작가를 만나고 함께 읽는 책 모임을 갖는 등 역동적인 활동의 시간을 갖는다. 책 모임은 책 속의 또 다른 나와 타인을 발견하고 새로운 것들을 함께 창조하는 독서문화 공간으로 생성되었다.

계절마다 풍경이 다르듯 학교 도서관에도 여러 풍경들이 맞물리며 스친다. 단순해 보이지만 도서 대출을 하는 과정에서도 아이의 마음 하나, 말 한마디의 생각들을 읽어냈다. 아이의 관심 분야와 책을 찾는 이유, 방법을 통해 아이의 세계를 이해하고 넓혀갔다.

한 아이가 엉뚱하게 던진 질문에 당황하기도 하고 우연히 그 아이에 대한 이야기를 듣기도 했다. 어느 날은 고사리손으로 편지를 내민 1학년 아이도 있었다. 어렵고도 고마워하는 마음들이 학교 도서관에 스몄다. 학교 도서관에는 우리가 꿈꿔온 오래된 미래가 있다. 우리는 그 가능성의 희망을 품었다. 그것이 학교 도서관일 것이다.

좋은 독자, 평생독자를 위한 독서 경험 제공

요즘 아이들의 성향과 그들이 어떤 책을 원하는지를 알아가는 것은 매우 중요한 일이었다. 그들의 대화를 엿듣거나 행동으로 따라가 볼 필요가 있었다. 과거에 머물러 있다 보면 아이와의 거리는 멀어지고 만다. 학교 도서관에서의 다양한 시도는 아이의 성장을 도울 중요한 것들을 품고 있다. 그런 이야기가 많아야 성공적인 삶을 영위하는 데 기초가 되는 지식과 정보를 제공하는 공간으로서의 활용 폭을 넓히는 역할을 할 수 있다.

초등학교에서의 독서 경험은 기초적인 상식과 자질을 갖춘 민주시민으로 성장할 가능성을 높여준다. 그들은 평생 독자로 길러진다. 학교 도서관에서 '좋은 독자'가 되도록 도와주어야 한다. 어떻게 하면 아이들을 좋은 독자로 만들어갈 수 있을지 늘 고민하고, 새롭고 의미 있는 독서 경험을 제공해야 할 의무가 있다.

어느 날 학부모님으로부터 카톡 메시지가 왔었다. 아이가 좋은 대학에 합격했다는 소식이었다. 사서 선생님의 영향으로 책 읽는 것을 소홀히 하지 않았고, 그 결과로 좋은 대학에 갔다는 말이 덧붙여 있었다. 기뻤지만 중요한 건 그다음이었다. 아이가 평생독자로 살아가게 하는 것이다. 어디서나 '읽는다는 것'과 연결될 수 있도록 해야 한다. 아이들이 흥미를 가질 만한 책들을 그들의 눈높이에 맞춰 보여주는 것이다. 본연의 독서 경험에 집중하면서 흥미로운 책에 경험의 색을 더하고 입혀 가는 것, 현재에도 미래에도 필요한 학교 도서관의 역할이다.

얼마 전 신문을 읽다가 사진 한 장을 유심히 봤다. 우크라이나 하르키우 학교 도서관이 러시아군의 폭격으로 처참하게 파괴되어 있었다. 무너진 서가와 책들을 보며 안타까움을 금할 수가 없었다. 도서관은 한 나라의 독서문화를 집약한 중요한 공간이기에 그 정신을 파괴할 수는 없다는 절실함이 더욱 강하게 느껴졌다.

아이들이 하루 종일 공간 공간마다 북적이는 또 하나의 교실인 학교 도서관, 이곳에서 보이지 않는 어마어마한 일들이 만들어지고 있다는 사실만으로도 '영혼을 담은 도서관'의 의미를 부여하는 것은 당연하다.

학교 도서관의 황금시대,
전성시대를 위한 디지털 리터러시 교육

문제는 어린이 교육에 학교 도서관이 중요하다는 사실을 우리 사회가 인식해야 한다는 것이다. 학교 도서관에서 정보 탐색을 돕고 문화적 역량을 키워줌으로써 아이들이 더 나은 삶을 살 수 있기 때문이다. 미래의 학교 도서관은 공간 공간마다 아이들이 메타인지로 다양한 것들을 만들어가는 창의적인 학습 놀이터로 변해야 한다. 단순히 책만 읽는 것이 아니라 기초적인 정보를 습득하여 새로운 것들을 창출하는 힘을 가질 때 미래로 나아갈 수 있다.

예일대 도서관장인 스콧 베닛(Scott Bennett)은 '21세기에 도서관이 정보기술을 활용해 도서관의 황금시대, 전성시대를 열 수 있다고 봤다. 그는 정보기술이 도서관의 교육적 사명을 진작하는 데 크게 도움이 될 수 있기에 사서들은 디지털 자원에 대한 학문 공동체의 접근을 강화하고 디지털 자료를 보존하고 민주적인 학습을 위한 정보 시스템을 구축해야 한다고 말했다.'(교수신문 2021. 10. 5. 이용재 부산대 교수 인터뷰 기사 〈지금은 도서관 기로의 시대, '도서관 마케팅' 필수〉).

학교 도서관의 황금시대, 전성시대를 열어가기 위해 학교 도서관은 변화된 디지털 환경에 능동적인 아이들을 길러낼 수 있어야 한다. 자기 주도적으로 다양하고 풍부한 정보 자원을 활용할 능력을 갖추도록 할 필요가 있다. 또한 문맹률은 낮으나 아이들이 글을 읽고 이해하는 능력인 '문해력'이 부족한 만큼, 가장 기본적인 학습 도구이자 다른 능력을 작동시키는 핵심 역량으로서 문해력을 길러야 한다.

읽기의 범위를 종이책에만 국한시키지 말고 디지털 환경으로 확장할 필요가 있다. 전자책과 오디오북, 영상 매체, 지식 정보를 담아내고 공유하는 메타버스 플랫폼 등 디지털 환경에 쉽게 접근하고 올바르게 사용할 수 있는 디지털 리터러시 교육이 중요해진 시대가 왔다.

어린이를 평생 독서가, 평생 학습자로 자라날 수 있는 소양을 길러주는 학교 도서관, 미디어 환경의 급격한 변화에 맞춰 읽기 방식의 다양화를 도와야 한다.

책과의 연결, '나'를 알아가는 기회의 장

우리는 읽기 방식의 다양화를 위한 '복합양식 읽기'에 주목해야 한다. 읽기의 다양화는 결국 미디어 환경의 급격한 변화에 능동적으로 대응할 수 있게 한다. 이러한 '읽기 능력'과 함께 문해력을 키우는 것은 읽기의 새로운 발견과 함께 즐거움의 질을 향상하는 데 도움을 줄 수 있다. 또한 독서활동을 지속할 수 있도록 도와줄 뿐 아니라 학생들이 평생 독서가, 평생학습자로 자라날 수 있는 소양을 길러준다.

학교 도서관 사서는 정보 전문가로서 학생들과 교사들에게 새로운 기술의 활용법을 가르쳐 주고 학교 도서관 웹사이트에 언제나 접근할 수 있도록 리터러시의 힘을 키워줄 수 있다. 학생들이 독자적으로 정보를 찾고 접근하고 활용할 수 있도록 탐구 능력을 길러주는 프로젝트 기반 수업과 메이커 교육을 통해 학생들의 창의력, 문제해결 능력, 협동 능력 등을 향상해 주는 특화된 사서가 될 수 있도록 역량을 강화해야 한다.

학교 도서관 사서는 어린이의 마음을 보듬어주는 역할도 해야 한다. 아이의 성향과 성격, 좋아하는 것들을 알아가는 마음의 상담이 필요하다. 예를 들면 MBTI로 알아보는 성격유형 등 관련 책과 연결시켜 '나'를 알아가는 성장의 기회를 돕는 것이다. '책 처방전'

은 한 아이의 마음을 책으로 치료함으로써 안정감을 줄 뿐만 아니라 책 속의 나를 발견하게 한다. 학년이 바뀔 때마다 아이에게 어느 방향으로 책을 읽고 어떻게 책을 활용할지 방향을 잡아주는 것도 사서 선생님이 해야 할 역할이다. 책과 아이의 연결은 결국 대화에서 시작한다. 책에서 연결된 주제는 서로의 공감과 이해의 가능성을 넓힌다. 학교 도서관에서 아이들과 친해질 수 있는 방법은 동화책을 읽고 그들의 세계로 들어가 보는 것이다. 어린이 세계를 알아간다는 것은 결국 독서 영역의 다양성과 확장을 의미한다.

그러한 경험의 가치들이 모여 아이들이 다른 세계 문을 열고 미지의 세계로 가는 탐험을 시작할 수 있게 된다. 설렘으로 가득 찬 탐험을. 아이들이 꿈꾸는 학교도서관, 아이들이 행복해질 공간으로서 학교도서관의 미래를 오늘도, 내일도 그려본다.

도서관은 민주주의를 지탱하는 기둥이다

토니 모리슨은 "도서관은 민주주의를 지탱하는 기둥이다."라고 말했다. 도서관의 진화는 끊임없이 물결치고 있지만 사회적 의식과 깨어있는 민주시민으로 성숙되어 가는 것은 멀기만 하다. 첨예한 대립의 사회적 갈등과 해소를 위한 사회적인 시민 독서를 접근하는 다양한 방법들을 발굴하고 실현시켜야 한다.

양산도서관 로비 입구에는 역대 한 도서관 한 책 읽기 도서가 진열되어 있다. 하퍼 리의 《앵무새 죽이기》가 생각났다. 한 도시 한 책 읽기 첫 번째 도서로 선정되면서 흑인 차별 문제에 대한 시민들의 의식 변화를 이끌어 냈던 모범적인 사례였다. 시민의 참여가 중요한 시대다. 책을 매개로 사회적 이슈를 끄집어내어 작고도 큰 토론의 장을 열고 의식의 변화를 민감하게 동요해야 한다.

　도서관의 변화는 저절로 만들어지지는 않을 것이다. 인문이 곧 도서관이다. 사람을 위한 사람을 향한 도서관이 민주주의를 발전시키고 한발 앞서 사람을 향한 도전적이면서 혁신적인 북유럽 도서관 사례처럼 좋은 복지 플랫폼으로 피어날 것이다.

　도서관에서 이용자의 역할과 자세가 도서관의 정체성을 살리고, 독서량의 수치보다 더 중요한 독서문화로 이어지는데 큰 역할을 할 것이라는 기대가 있다. 그 큰 기대가 깨어있는 이용자로, 민주주의로 가는 초석을 다진다.

　도서관에서는 올바르고 성숙한 민주주의로 살아가기 위한 리터러시 교육을 강화하고 독서와 토론, 지역의 가치에 대한 기본적이고 본연에 충실해야 한다.

　도서관에 답이 있다. 우리에게는 아직도 가야 할 길이 험겹다. 무엇보다 우리 사회가 앓고 있는 다양한 병폐의 문제들을 도서관이 그 바탕 위에서 토론의 장을 만들고 함께 풀어가는 과정들이 민주주의를 지탱하는 힘일 것이다.

　도서관 본연의 역할에 충실하다 보면 이용자는 당연히 모일 것이고 이용의 효과는 어마어마한 일들이 무수히 펼쳐질 것이라는 기대가 있다.

　힐러리 클린턴의 말처럼 "도서관과 민주주의는 같이 간다."는 바람직한 민주제도가 실현되는 국가는 깨어있는 도서관이 훨씬 많다. 깨어있다는 것은 도서관 민주주의가 높고 무한한 신뢰를 더 한다. 도서관을 민주주의적으로 정의한다는 것은 평등과 복지, 공정이라는 그 이상의 가치가 숨겨져 있기 때문에 중요하지 않을 수 없다.

6

도서관 문화 수준을
높이려면

"행복한 사람은 글을 쓰지 않는다." 프란츠 카프카의 말이다. 그 말에 의문을 가진 이가 많을 것이다. 각자 스스로의 삶을 어떻게 만들어 가느냐에 따라 행복은 달라지기 때문이다. 삶은 각자의 몫이지만 누군가에게 영향을 줄 수 있고 받을 수 있다.

그중에서 책이나 도서관에서 그 영향을 받았다면 그것도 멋진 일이다. 누군가의 인생을 좋은 방향으로 바꾸어 놓는 일은 의미가 크다. 도서관에서 찾은 의미를 잘 활용한다면 삶은 더욱 풍부해질 것이다.

도서관은 무엇인가? 행동이나 생각과 사고 등 이 모든 과정은 평범하지만 평등하다. 많고 적고를 떠나 모든 과정들이 열려있고 그렇기에 도서관은 누구에게나 가능성의 공간이다. 우리는 그 공간에서 꿈꿔보지 못했던 삶을 치유하고 만들어가는 나만의 이야기를 써 내려간다.

사람들은 도서관이 얼마나 나에게 가치를 주었는지를 잘 알고 있다. 나도 그중 한 명이다. 수많은 책들이 기다리고 있고 어느 때는 음악이 흐르고 때론 미술관처럼 그린 시각의 품격은 또 다른 신선함으로 다가왔다. 나에게는 도서관은 오아시스 같은 존재다.

책이 없던 시절에 책보다는 애니메이션을 보면서 그 환상의 세계를 좇아다녔다. 화면 속에 걸린 장면들이 스쳐 지나갈 때마다 꿈을 꿨다. 청년이 되고 도서관이라는 공간에서 사람과 부딪히며 책과 씨름하며 누볐다. 하지만 현실은 녹록지 않았다. 잠시 공부에 전념한 시기를 지나 또 다른 삶의 무게가 짓눌렸던 그 과정 중에 도서관을 멀리했다. 현실에 지배당한 상황들이 작은 것들을 놓치고 있다고 생각해 아파했다.

도서관을 찾지 않았다면 그 모든 과정들의 조각들이 맞춰지지 않았을 것이다. 개인적인 삶들이 모여 도서관이라는 거대한 삶이 응축되어 선함을 낳는다. 단순함이 때로 진리의 결과물이 된다. 도서관이라는 곳이 삶을 재발견하기도 하고 기적을 드러내기도 하는 무한의 공간이다. 요즘 그 공간들이 하나 둘 새로운 옷을 입히고 새로운 세대에게 연결하고자 하는 노력들이 촘촘하게 진행되는 것을 보았다.

도서관이란 책에서도 여러 사례가 있듯이 시대에 따라 세대에 따라 도서관은 변했고 새롭게 재창조됐다. 어느 날 그 공간의 가능성을 보고자 주말마다 찾아갔다. 도시와 시골의 차이는 여전했다. 도시는 세련됐고 이용이 많았다. 하지만 시골은 정형화되어 있고 이용은 많지 않았다.

사실 우리의 현실과 맞닿아 있었다. 도서관이라는 곳이 우리의 삶과 여유, 경제 사회의 불평등, 공정, 차이 등 여러 의미에서 상호 작용한다는 사실이다. 청년 세대에게도 그런 의미는 통했다. 이제 모든 것들이 정상으로 움직이면 좋겠다. 비정상과 정상 사이에 도서관은 평행선을 유지하고 있지만 여전히 현실은 녹록지 않았다. 시대에 앞서 있지만 함께 성장하는 이용자가 존재해야 그 가치는 빛날 것이다.

도서관의 존재 이유와 사회적 역할에 대해 "도서관은 책이 아니라, 사람을 위한 것이다.", "도서관은 그것이 속한 사회에서 시민의식을 형성하고, 모든 사람이 자유롭고 동등하게 이용할 수 있게 하는 중요한 과제를 갖고 있다."(윤송현의《모든 것은 도서관에서 시작되었다》)라고 말한 핀란드 탐페레 중앙도서관 린드베리 피르코 관장의 말은 인상 깊다.

잘 사는 나라의 기준은 경제가 아니라 그 나라의 문화 즉, 도서관과 문화 기관이 되어야 한다. 그래야 사람들의 문화 수준이 갈수록 높아지리라 생각된다. 문화를 발견하고 생성하고 활용하는데 행정적 지원을 아끼지 말아야 할 것이다.

지금의 성장 가능성을 도서관 문화에 투자해야 한다. 사회적 이익보다 그 신뢰를 쌓아가는 문화적 척도가 필요한 시기다. 모두가 누리는 도서관 공간은 정서적으로 우리 미래세대에게 절실히 필요하며 누려야 할 문화적 가치가 되어야 한다.

인류 문명의 도서관에서는 지식에 목말라 있다면 미래에는 나를 좋아하게 하는 이용자를 위한 도서관이 되어야 한다. 우리에게는 아직 시간이 남아있다. 어릴 적부터 도서관을 사랑하고 좋아할 수 있도록 리터러시를 강화해야 한다. 그중에서도 도서관을 자연스럽게 이용할 수 있는 문화가 필요하겠고 그 사회적 분위기를 만들어야 한다. 그것들이 모여 삶은 윤택해지고 소위 말하는 잘 사는 행복한 복지로 나아가겠다. 우리가 생각하는 도서관 문화복지란 무엇인지 한 번쯤 행동으로 옮기는 정신이 필요함을 인지해 보자.

7

매일 여행하는
도서관 이용자 관점

코로나19 여파로 3년이 어떻게 흘러갔는지 모르게 2023년 계묘년 새해가 밝았다.

새해가 되면 새로운 목표를 세우지만 실행하기가 어렵다. 그중 독서는 늘 그 중심에 있다. 몇 권을 읽겠다는 목표는 그 마음과 설렘이 공존하지만 행동으로 옮기는 실천적 문제는 여전히 누구에게나 어렵다. 책은 우리가 생활하는데 중요한 도구이지만 가까이에서 읽는 것도 쉽지 않다. 불안감, 번아웃, 어려움이 클수록 의문을 던지거나 책에서 삶을 찾아가거나 나를 알아가는 하나의 인생 교본 같았다. 우리는 여러 가지 불안감을 안고 살아간다. 그중에서도 앞으로의 불안감이 가장 크다. 책은 앞을 내다보는 무궁한 잠재력을 예견하고 있다. 그 많은 책들 중에 찾기가 어렵다면 사서에게 추천을 요청하면 된다. 이렇듯 우리 삶과 맞닿아 있는 도서관은 삶의 지혜를 주는 풍부한 백과사전 같은 곳이다.

나의 경우에는 의식적으로 새해에 첫 방문한 곳이 도서관이었다. 수많은 책들을 마주하는 일들이 불안감을 없애는 힘을 주었다. 조용한 서가에 기대어 책을 펼치는 것만으로도 그 시간을 고요하게 즐기고 있는지를 모른다. 도서관은 책만 있는 곳이 아니다. 층층마다 공간이 주는 아늑함과 대상별 연령별 수준에 맞춘 독서 프로그램은 이해의 폭을 넓혀갈 수 있었다. 도서관은 사람과 사람이 책을 매개로 만나고 소통하고 치유하는 공공의 공간이며 누구나 환대하는 곳이다. 그 공간에서 오늘의 나를 만나고 책 한 권의 여유로움을 펼쳐보는 것은 미래의 감각을 키우는 것이기도 하다.

한편 문화체육관광부가 발표한 '2021 문학 실태' 조사에 따르면 지난해 10명 가운데 4명(독서율 43%)이 문학 책을 읽었다. 국민 한 사람이 지난해 읽은 문학 책은 평균 2.3권으로 나타났다. 소득이 높을수록 나이가 어릴수록 문학을 찾았다. 문학이 필요하다면 우리는 어디에서나 누릴 책문화 생태계가 필요함을 절실히 느껴진다. 공공성을 가진 도서관이 그 역할을 충실히 해야 한다. 누구나, 모두가 차별 없이 누릴 수 있는 도서관에서 문화를 성장시킬 의무가 있다. 불안의 시대에 양질의 다양한 삶의 가치를 높여주는 도서관을 매일 여행하는 이용자가 되어 보자. 일상이 조금씩 달려지는 것을 느낄 수 있을 것이다.

시골엔 작은 도서관이
있어야 할 이유가 있다

요즘 시골은 젊은 사람들이 없다. 시끌벅적한 학교에도 아이들이 줄었다. 시골은 과거에나 현재에도 문화를 누릴 곳이 없다. 음식점은 많으나 작은 도서관이나 동네 책방처럼 책을 읽거나 토론할 공간이 없는 것이 현실이다. 작은 도서관이 생긴다면 마을과 사람들의 삶과 인문학이 조금은 달라질까?

작은 도서관이라 함은 공공도서관을 대체하는 관종이 아니라그 자체로 충분한 의미를 지녔다. 한 사람 한 사람이 모여 풍경이되고 삶이 되고 책이 되고 문화가 되는 시골의 작은 도서관은 존재자체만이라도 힘이 되어 주기에 충분하기 때문이다. 우리는 도서관에서 그 해답을 찾아봐야 한다. 경북 칠곡군 학상리 마을회관에

'북 카페 도서관'이 있다. 60대 이상 어르신들이 글과 연극을 배우고 시를 짓고 커피를 내린다. 그 변화의 시작은 도서관이었다. 농사를 짓는 농부지만 배움의 시간만큼은 자신을 되돌아보고 삶의 주인을 찾아가는 인문학도이다. 인문학은 그리 거창한 것이 아니라 그들의 삶과 도서관을 아끼고 가꾸는 생활 그 자체에 의미가 있었다.

시골마을 주민들이 힘을 모아 북 카페와 작은 도서관을 운영한다는 것은 책 문화뿐만 아니라 삶의 문화를 성숙하게 하였다. 밀양 무안면에도 기존 무안면 복지센터의 방치된 1층 공간을 주민들의 사랑방 같은 공간으로 만들어 책 읽는 문화쉼터로 탈바꿈시켰다. 수기를 적어도 반납일자를 잘 지켜 주민들의 도서관 이용 문화의식도 높았다. 커피의 가격도 맛도 착하다. 시골 작은 마을에 도서관은 우리 일상에 삶과 문화가 닿아 특별한 곳이 되었다.

이 작은 공간이 가진 풍경은 어마어마한 미래를 그린다. 마을 사람들이 모여 문화를 향유하고 책 읽는 인문학이 쌓인다. 한 봉사자는 "방학을 맞아 작은 도서관에서 책을 읽는 대학생이나 손자, 손녀의 손을 잡고 오는 동네 어르신들을 보면 시골이 풍기는 책의 맛은 달콤하기가 그지없다."면서 자랑했다. 밀양 청도면에 있는 숲속 마을 작은 도서관의 농부들은 경운기 안에도, 화장실에도, 외출할 때도 책 한 권을 꼭 옆구리에 끼고 있다. 그렇게 그들은 자연스럽게 책 읽는 습관이 몸에 배여 농사일에도 항상 책이 있었다. 이를 듯 삶이 바뀌고 문화가 바뀌는 작은 도서관은 마을을 지적으로, 이성적으로 사람들을 환대의 공간으로 이끌어 주기에 시골엔 반드시 존재할 이유이기도 하다.

9

도서관은
살아 있다

"시대를 거치면서 도서관은 성장과 변화, 번성과 쇠퇴를 거듭해 왔다." 도서관은 오랜 세월 늘 이용자와 함께 했었다. 무관심이 아닌 진심 어린 관심은 우리 삶을 살찌운다.

이용자의 삶을 읽어가는 사서는 그런 의미에서 이해와 공감을 마음껏 채워가는 시간이 필요했다. 도서관에 살아있는 이야기를 듣는다는 것은 닿지 않는 마음을 어루만지는 시간이 되는 것. 그 공간에 사서가 한 톨 한 톨 씨앗을 심어줄 수 있어야 하겠다. 미국의 사서로 근무하다 도서관을 읽는 여행자로 살아가는 《도서관은 살아 있다》를 쓴 도서관 여행자. 이국땅에서 몸소 경험한 애정이 고스란히 글로 녹였다. 그의 글은 밑줄을 긋고 포스트잇에 붙이고 필사해도 새로운 정보가 쏟아나 올 정도로 생각할 것들이 필요 이상으로 많았다.

도서관을 향한 애정이 톺아볼 정도로 수북했다. 글 속에는 숨은 이야기는 그가 고민했던, 품고 있던 장대한 주제를 풀어냈다. 그뿐만 아니라 동시대의 사회문제와 결부시켰다. 이방인이지만 이방인 같지 않은 노력의 결실을 맺는다는 것에 박수를 보낸다. 도서관의 역할과 사회적 책임, 사서와 이용자 그 안의 도서관 일상의 모습들, 이용자의 세심함을 살펴보는 것들, 진화되는 것들을 유심히 봐왔다. 같은 사서로서의 공감 가는 부분도 상당히 많았다. 특히 가면 증후군 같은 말에.

도서관의 정체성을 살아있는 유기체로 만들어가는 과정은 늘 고통이 따르고 고심의 흔적이 있었기에 도서관에 거는 기대감은 현재도 미래에도 계속 풀어나가야 할 숙제인 것은 어쩌면 당연한 일이지도 모른다. 참고 서비스에 필요한 사서의 첫 번째 자질은 무한한 인류애와 인내심이라 했다. 알아두면 쓸데없는 신비한 잡학 사전처럼 이용자에 의한, 이용자를 위한 응대의 시간은 도서관이 살아 있다는 증거다.

그의 노하우를 읽는 동안 열정적인 고민의 흔적이 글귀에 고스란히 드러났다. 책보다 책이 있는 공간을 좋아하는 도서관 애호가인 그가 주장한 도서관에서의 경험은 우리에게도 적잖은 정보를 내주었다. 공공 대출권 제도의 반대, 열람실을 구분하지 않을 것,

장서 폐기의 기준 등 그녀가 제시한 가이드라인을 보여주기도 했다. 이 모든 것들이 진정성이 있기 때문에 가능한 일이다. 발견되지 않는 소중한 책과 눈에 띄지 않는, 존재감 없는 소외된 사람을 돌보는 일은 평등과 공정, 민주주의, 믿음이 공존하는 사회로의 진입이다. 도서관을 지녀야 할 정체성이며, 공동체로 나아가기 위한 방향이다.

2019년 미국 도서관협회는 사서 핵심 직업윤리에 '지속가능성'을 추가했다. 지역 사회에 기후 변화와 지속 가능한 미래를 위한 교육을 강화하겠다는 다짐으로 도서관이 나섰고 사서가 앞장섰다는 이야기는 우리에게도 시사한 바가 크다. '환경'이라는 키워드로 함께 동참하여 실천해야 할 시대적 사명일 것이다.

"나쁜 도서관은 장서를 쌓고, 좋은 도서관은 서비스를 구축하고, 위대한 도서관은 공동체를 형성한다."

오래된 미래에도 공동체의 무관심과 무지원은 도서관의 소멸을 불러온다고 한 경고의 메시지는 우리가 되새겨 봐야 할 교훈임에 틀림없다. 공동체의 지식을 전수하고 누구에게나 평등하게 나누는 도서관을 현세대가 어떻게 생각하느냐가 다음 세대의 흥망성쇠를 결정지을 수 있다. 오래된 미래에 그 가능성의 뿌리를 든든하게 심어 놓을 차례다.

부록으로 넣은 '당신의 즐겨찾기에 담아야 할 디지털도서관', '당신의 여행 계획에 넣어야 할 도서관', '도서관 여행자의 서재' 등 도서관 여행의 팁 등은 도서관을 좋아하는 독자에게 좋은 길잡이가 되어 주었다.

도서관이 가진 의미를 다양하게 풀어쓴 이 책은 우리에게 던지는 도서관 굴곡들을 앞으로 문화가 흐르는 그런 아름다운 삶의 공간으로 거듭 성장하면 좋겠다. 가장 가까이에서 이용자의 삶을 돕고 오고 싶고 가고 싶은 도서관으로 살아있는 유기체가 되었으면 하는 마음을 간절히 바랐다. 모든 가치의 실현은 이용자의 관심이라는 것임을. '유저'(user)가 아니라 후원자라는 뜻의 '패트런'(patron)으로 누구나 도서관을 지원하고 친구가 되었으면 한다.

"도서관은 과거에도 있었고 현재에도 있으며
미래에도 있을 그 모든 것을 포괄하는 우주와 닮았다."

10

작은 도서관의
존재 이유

우리에게 작은 도서관은 어떤 의미일까? 어쩌면 '도세권'은 '역세권'보다 기분 좋은 하루를, 기분 좋은 만남을 선물할지도 모른다. 작은 도서관은 자유롭게 토론할 수 있는 독서문화의 뿌리가 담긴 곳이기 때문이다.

일론 머스크, 마크 저커버그, 빌 게이츠, 스티브 잡스 등 위대한 인물들은 마을 도서관이나 작은 도서관에서 꿈을 키웠고 정보를 습득한 것으로 알려졌다. 마을 도서관과 인연을 맺은 유명인들이 많다는 사실은 그곳이 더할 나위 없이 중요한 공간임을 알려준다.

작다고 모든 것이 작은 것은 아니다. 장서와 프로그램, 공간, 예산은 작을지라도 그 안 공간이 주는 다양성에 주목해야 한다. 작은 도서관은 가장 가까이에서 책을 매개로 주민과 접근하고 소통을 하면 민주주의를 실현한다. 단순히 책만 빌리는 공간이 아니라 책을 매개로 교육, 육아, 돌봄, 이웃의 만남, 토론의 장, 독서모임 등 복합문화로 아우르는 곳이다.

'한겨레' 신문 2023년 1월 19일 〈오세훈, 작은 도서관 예산 없앴다… 예고 없이 "지원 끝"〉라는 기사를 접하고 많은 이들이 이에 분노했다.

"서울시가 관내 공립·사립 작은 도서관을 지원해 오던 예산을 전액 삭감하며 지난 10년 가까이 펼쳐온 작은 도서관 지원 사업을 전면 폐기한 것으로 확인됐다.

2015년부터 350~380개씩의 작은 도서관을 대상으로 한 해 7억~8억 원대씩 지원해 왔다. 전체 지원액은 크지 않지만, 1곳당 평균 150만 ~200만 원 안팎으로 지원받는 작은 도서관 경우 장서 구입과 운영비 보조(전기세 등)에 주로 사용되며 긴요한 밑천이 되어왔다."

이 기사에서 어린이와 작은 도서관협회 이은주 상임이사는 "잘 운영되는 도서관도 많은데 구분 없이 일괄 중단한 것은 납득하기 어렵다."라며 "결국 책 읽고 사고하는 시민들을 없애겠다는 것"이라고 말했다.

문화의식의 퇴행으로 빚어진 잘못되고 부당한 처사다. 작은 도서관은 공공의 영역에서 다 하지 못하는 독서문화 증진이나 돌봄 등에서 큰 영향력을 발휘해 왔다. 마을의 책 사랑방이며 주민의 소통의 환대 공간이기도 하다. 이 어마어마한 사실을 받아들이지 않는 것은 관심의 부재에서 비롯된 것이라 보인다.

도서관이 소멸 위기를 맞은 지방 경제를 되살리고 인구 감소를 늦추는 수단이 되는 일본의 사례가 있듯, 도서관은 사회적 문화 가치 투자로서 지극히 삶과 맞닿아 있다.

작은 도서관에는 우리 삶의 이야기가 있다. 평범하고도 아름다운 우리의 이야기가 모여 살기 좋은 마을을 만든다. 조세희의 《난장이가 쏘아 올린 작은 공》처럼 이 작은 공간에도 새로운 것들이 꿈틀대고 있다는 것이다.

《도서관의 삶, 책들의 운명》을 쓴 수전 올리언은 "우리 영혼에는 각자의 경험이 새겨진 책들이 들어있다. 개인의 의식은 한 사람이 살아낸 삶의 도서관"이라 했다. 작은 도서관이야 말로 강물이 흘러 바다로 가듯이 우리 삶에 없으면 안 될 존재임을 간과해서는 안 된다. 어려울수록 아주 작은 것들이 큰 힘을 발휘한다는 것을 알아야 한다. 현재의 작은 도서관 예산 투자가 지극히 평범한 미래로 가는 힘찬 발걸음이 될 것이다.

임시방편의 지원이 아닌 꾸준히 재원의 확충과 인적 보완 등 다양한 대책이 수반되어야 한다. 작은 도서관은 보여주기식의 문화가 아니라 그 공간의 품격을 만들고 문화가 아우르는 시작의 의미를 담아 내야 한다.

사서가 떠나는
동네 도서관
여행

1

책과 문화가 만나는
'화정 글샘 도서관'

우리나라 공공도서관은 1172개(2020년 기준)로 실핏줄처럼 동네 구석구석 연결되어 시민의 지적 문화 인프라로 자리 잡고 있다. 편안하고 휴식 같은 책 읽는 공간이 많아질수록 우리의 삶은 풍요로워질 것이다. 얼마 전 도심 속 문화 핫 플레이스로 뜨고 있는 '책 읽는 서울광장'은 시민 누구나 자유롭게 초록의 잔디광장에서 책 읽는 풍경이 인상 깊었다. 이렇듯 도서관은 '성장하는 유기체'처럼 시민들과 가까이 삶에 녹아 있었다.

그만큼 도서관은 무궁무진한 가능성이 열려 있기에 문화적 가치로서 우리는 즐기고, 함께 만들어 가는 교류의 장이자 환대의 공간으로 뿌리내릴 수 있도록 해야 한다.

《도서관, 세상의 힘을 바꾸는 힘》의 쓴 로널드 B. 맥케이브는 말했다. "공공도서관은 지역사회의 중심이며 이러한 역할을 확장시킴으로써 지역사회를 위해 더욱 봉사할 수 있는 크나큰 잠재력을 가지고 있다."

　김해시 삼계동에 위치한 화정 글샘 도서관이 2020년 생활 SOC 복합화 사업에 뽑혀 6개월 동안 리모델링 공사를 하고 2022년 6월 24일, 책과 문화가 만나는 열린 복합 문화 공간으로 재개관했다. 역사교육의 현장인 화정공원과 화정초등학교의 생기 넘치는 아이들을 볼 수 있는 탁 트인 바깥 풍경을 최대한 자연스럽게 살렸다. 폭넓은 공간과 세련된 디자인, 편안하고 안락한 것들이 도서관 이용자에게 북카페 같은 휴식공간으로 여가와 문화생활 중심지로 삶에 맞닿아 있었다. 접근하기 쉽고 주변의 환경이 도서관으로 끌렸다.

　도서관은 창의이음(지하1층), 함께이음(1층), 생각이음(2층), 글샘이음(3층)으로 되어있는데 층별마다 함께할 수 있는 특별함을 담았다. 도서관 지하 1층은 청소년의 미래 아이디어가 샘솟는 창작 공간으로 꾸몄다. 16개의 보드게임도 즐길 수 있다. 1층엔 열린 문화 복합 문화 공간으로 원스톱 자료를 제공하는 통합 데스크와 북카페가 있으며 2층에는 부모와 자녀가 함께 생각을 나누는 소통의 공간인 일반자료실Ⅰ과 어린이자료실, 3층에는 배움, 독서, 강연이 어우러지는 문학이 가득한 공간인 일반자료실Ⅱ와 강의실 등이 들어섰다.

　북 컬렉션의 세련미, 남녀노소 즐길 수 있는 공간마다의 품격은 매혹적이다. 곳곳에 비치된 셀프 대출 반납기와 노트북 대출 반납 서비스로 스마트 기기 이용의 편리함을 줬다. 생활 속으로 깊게 들어온 도서관은 이용자의 마음을 훔치기에 그 유혹으로 책과 사람 사이, 마음까지 환대의 공간으로 흘렸다.

　재개관으로 한 달간 작가와 만남과 인형극 등 풍성하게 진행되었다. 2022년 7월 3일엔 올해 상반기 베스트셀러 '불편한 편의점' 김호연 작가의 강연을 시작으로 9일 '밝은 밤' 저자 최은영 북 토크가 열렸고 16일에는 마리오네트 목각 인형극이 관람객들을 즐겁게 했다.

　때론 경전철이 지나가고 때론 아이들의 해맑은 모습들이 다른 일상을 주는 풍경에서, 책을 읽고 문화를 즐긴다면 그 여유로움이 또 다른 삶의 활력소가 되는 곳이 화정 글샘 도서관이다. 화정공원과 해반천로 연결되는 도서관은 다양하게 문화 생태계를 잉태시키기에 충분하다.

　삼계동 마을의 풍경과 삶에 녹아있는 화정 글샘 도서관은 오늘도, 미래에도 도서관 이용자에게 환대의 문화 공간으로 만들어 갔으면 좋겠다.

2

'최윤덕 도서관'에서
책놀이를 즐기자

우리 삶을 바꾸는 도서관이란 어떤 곳일까? 도서관이 가진 정체성은 이용자의 삶에 자료를 제공하는 것 외에 다양한 정보 서비스를 포괄하는데 중요한 영양소를 만들어 주고 있다. 도서관이 내어주는 삶을 우리는 표현하고 이용할 수 있는 기본적 자세가 필요하다. 누리는 것 이상으로 우리 삶을 바꾸어 줄 것이다. 눈에 보이는 것만이 다는 아니다. 그저 보이지 않기 때문에 이용의 효과를 덜 느끼게 때문에 도서관을 이용하지 않는 것은 무의미하기 때문이다. 도서관은 사람들이 만들어 놓은 희망의 세계다. 그 세계는 무엇보다 우리 삶에 스며들게 하는 것이 중요하다. 스며드는 것은 우리 삶을 가치 있게 만든다. 가 보지 않는 세계가 있다면 도서관으로 향해보라. 그 속에 오래된 사유의 메타버스가 있고, 나를 이끄는 공간은 또 다른 삶을 만들어질 것이다.

도서관은 그 지역의 삶을, 문화를, 독서를 포괄하는데 중요한 밑거름이 된다. 보이지 않지만 늘 그 안을 들여다보면 새로움이 싹튼다. 그중 하나가 창원 북면의 최윤덕 도서관 이야기다. 창원 북면의 오래 염원이었던 최윤덕 도서관이 2022년 3월 25일 개관했다. 창원 북면의 인물인 최윤덕 장군의 이름을 지어 지역민 스스로가 자부심이 느껴왔다. 이제 도서관은 그 지역의 기관이라 아니라 하나의 랜드마크이며 독서문화의 꽃으로 여겨진다. 모두가 즐기는 휴식 같은 곳은 새로운 문화가 돋아나고 생성되기에 충분하다.

문화공간이 가진 힘은 여러 사람들을 불러 모아 여기서 이루어지는 다양한 모임과 만남, 활동들은 지역 특유의 독서문화를 꽃피우는데 큰 역할을 하기 때문이다.

무릉산에는 연둣빛으로 물든 신록이 도서관과 잘 어울려 색다른 풍경을 주었다. 도서관 입구에 도착하면 작은 정원으로 꾸민 휴식처가 있다. 로비에는 탁 트인 개방형의 매력적인 공간에 전체 도서관 아우라를 강하게 풍겼다. 최윤덕 테마존과 어울려 과거와 현재, 미래가 공존하는 의미로 담겼다. 1층은 어린이를 위한 곳이다. ICT(정보통신기술)을 이용한 동화 체험 시스템과 에어 프로젝션, 책을 실감 있게 즐기는 증강현실 코너도 있어 체험할 것들이 많았다.

다른 도서관과의 차별성을 주는 어린이 책 놀이터 공간으로 단순히 책만 보는 곳에서 벗어나 체험해 볼 수 있어 어린이에게 인기가 많았다.

2층은 종합자료실로 청소년과 성인을 위한 공간이다. 지역을 생각하는 창원의 책, 경남 시인의 작품과 책들이 전시되어 있고 아늑한 공간에서 책을 읽을 수 있도록 세련되게 열람 의자가 들어서 있었다. 가끔 휴식이 필요할 때 LP 감상실에서 음악을 듣거나 하늘정원에서 여유를 만끽하는 시간도 즐길 수 있다. 이를 듯 다양한 이용자를 생각하는 사서의 마음이 담겨 있다. 최윤덕 도서관만이 지난 또 다른 특별함은 1층과 2층을 연결하는 중정이 있다. 열린 공간의 전경은 볼수록 멋스럽다.

기존 도서관에서 벗어나 생활 속 독서문화가 공존하는 랜드마크가 되었으면 좋겠다. 핀란드의 명소가 된 헬싱키 중앙도서관 오디(Oodi)는 문화적 자부심으로 자리를 잡았다고 한다. 최윤덕 도서관도 북면의 새로운 문화적 명소가 되기를 고대해 본다.

3

책과 우리의 이야기,
'주촌 디딤돌 작은 도서관'

동네의 작은 도서관은 우리 삶을 튼튼하게 하는 영양제 같은 역할을 하는 곳이다. 규모의 문제가 아니다. 그것이 품고 있는 독서 문화는 몸속의 영양분처럼 퍼져 나아가기 때문이다. 작은 공간에서 어마어마한 일들이 벌어지는 곳이라 소홀히 다룰 수 없다.

어려운 환경에서도 작은 도서관의 공간, 책 그리고 이용자와 함께 행복한 삶과 꿈, 문화적 공동체를 나누고 있다는 사실에서 그 가능성은 무궁무진하다. 특히 소외된 지역에서의 작은 도서관의 가치는 일상의 삶과 자연스럽게 스며들어 뜻깊고 의미가 크다.

10년이 넘은 김해 주촌면의 디딤돌 작은 도서관을 찾아 그 공간의 책문화의 이야기가 어떻게 흐르고 있는지 엿보았다.

주촌면은 공단과 산업단지가 많다. 또한 주변지역에 초등학교와 어린이집이 없고 신축 아파트도 거리가 멀어 도서관과의 접근성이 떨어지는 문제점이 있었다.

문화적 시설이 부족한 상황에서 디딤돌 작은 도서관의 역할이 그만큼 중요한 의미로 다가온다. 도서관 주변의 공장과 회사에 근무하는 직장인들에게는 도서관에 갈 시간이 없어 책과 연결되는 소중한 통로이기 때문에 존재가치가 상당히 높다.

주촌 복지관 건립 시 햇볕이 잘 드는 2층을 작은 도서관 공간으로 했다. 2010년 7월 29일 개관한 도서관은 시 지원을 받아 공공도서관과 작은 도서관을 연결하는 김해 통합 시스템에 동참하고 있으며 관장과 운영위, 사서, 자원봉사자가 이끌어 가는 민간 운영하는 사립 도서관이다.

공공 보조금으로는 사서 인건비 정도로만 운영하고 있어 십 년 동안 버틴 힘은 사서의 끊임없는 도서관 사랑과 이용자를 향한 마음으로 다진 곳이라 에너지가 넘쳐 보였다.

처음 들어간 도서관에서 익숙하지 않은 잔잔한 음악이 흘러나와 처음에는 당황스러웠다. 지친 일상에서 잠시 편하게 책을 읽으며 쉬어가라는 의미다.

7,400여 권의 장서에 다양한 종류의 책들이 서가에 가득 들어찼다. 아이들이 좋아하는 《녁점반》 그림책 속의 장면으로 꾸며진 공간은 그림책을 읽어주거나 동화 속 주인공이 되어본다. 하늘정원

과 연결된 공간은 특별했다. 가을 햇살에 비친 창가의 은은한 분위기에 잠시 가을 분위기에 젖어 보았다. 9월 독서의 달을 맞아 북스타트 부모교육과 함께 책 나눔 행사를 진행하는 코너도 한눈에 들어온다.

예산과 접근성 등 어려운 여건 속에서 도서관이 활성화되지는 않았지만 김승희 사서의 주야를 가리지 않는 노력으로 더욱 빛을 발하고 있다. 김 사서는 온라인상으로 주촌 맘 카페, 신축 아파트 입주자 카페 등 SNS를 활용하고, 오프라인으로 이장회의 등에 참석해 프로그램, 도서관 이용안내를 수시로 홍보했다. 그 결실로 다양한 독서 프로그램이 만들어졌고 재능기부도 독서모임도 자연스럽게 이루어진 계기가 되었다.

김 사서의 노력으로 도서관은 찾아가는 북 스타트 외 10건의 공모 지원 사업에 선정되었고 YMCA 어린이 에너지 드림이(청소년 멘토) 외 2건의 상생 협약식을 가지는 등 도서관 활성화에 심혈을 기울였다. 또한 독서수업과 놀이, 그림책과 미술 등 책과 놀이로 결합하여 부모와 자녀가 함께 할 수 있는 다양한 독서 프로그램을 만들어가고 있다.

그림책 동아리 책받침은 6~7명의 어머니가 모여 서로서로 영향을 주었던 그림책을 소개하고 추천도서로 연결한다. 어머니들은 재능기부로 도서관에 활력을 주고 있다.

김 사서는 도서관에 방문한 이용자에게 편하게 대출할 수 있도록 서가 구성, 이용방법, 책 추천 등을 섬세하게 알려준다. 이용자의 70~80%의 대출도서가 그녀의 손에 그치지 않는 경우가 거의 없을 정도로 친절하게 봉사하고 있었다.

"지역 작은 도서관의 역할은 마음 편하게 쉬고 북 카페처럼 커피 한 잔 마실 수 있는 여유와 함께 프로그램을 기획하고 함께 만들어가는 문화 공동체"라고 말했다. 주촌 주민들의 도움이 절실히 필요할 때다. 시 지원만으로는 운영이 어려운 실정이라 도서관의 존폐 여부는 그 도서관을 운영하는 운영자와 이용자의 지속적인 관심과 후원에 달려 있다고 해도 과언이 아니다. 작은 도서관은 우리가 함께 만들고 우리와 함께 성장해가는 유기체와 같은 존재이기 때문이다.

4

'백산 작은 도서관'을
아시나요?

밀양 하남읍 백산로에는 '백산 작은 도서관'이 있다. 2014년에 폐교된 백산 초등학교를 생활문화센터와 작은 도서관으로 바꾸어 놓아 문화시설이 없는 농촌마을에 활기를 불어넣고 있다.

운동장은 금빛 캠핑장으로 활용하여 주말이면 캠핑족이 넘치는 곳이다. '백산 작은 도서관'을 소개하고자 한 것은 다름 아닌 작은 도서관이 가진 색다른 이야기를 전하고자 함이다.

캠핑족들은 생활 문화센터에서 다양한 문화체험을 즐기거나 작은 도서관에서 책을 읽을 수 있어 일석이조의 효과를 누릴 수 있다.

놀라운 것은 그저 평범하고 농촌의 작은 도서관이 아니라 캠핑족과 마을 주민과의 소통이 이루어지는 공간이었다. 이곳 백산마을 주민들이 갈 수 있는 공공도서관은 멀었고 힘들고 때론 부담이 되었다. 주민들의 노력으로 문화체육관광부 작은 도서관 공모사업에 선정되어 2019년 12월 리모델링이 이뤄졌다.

코로나19에 의해 한시적으로 개방하고 있지만 한 명의 이용자, 주민들이 이용할 수 있도록 따뜻함이 있다. 작은 도서관은 어쩌면 그런 공간이다.

교실 2칸 규모의 도서관은 어린이와 교양도서로 서가를 나누었고 정보를 교환하는 회의공간과 햇살 가득한 책 읽는 공간은 따뜻한 느낌을 주어 인상적으로 다가왔다.

특히 백산만의 농업 서적, 농사 전반, 텃밭 관련 특징적인 주제의 책을 큐레이션 한 서가 코너가 눈에 띄었다.

코너만을 위해 존재하는 것이 아니라 실질적으로 활용하는데 큰 의미를 부여했다는 것에 놀라웠다. 사서는 없지만 백산마을 신종완 대표가 그 자리에서 늘 소통으로 채웠다.

도서관을 이용하는 캠핑족에게 신 대표는 텃밭이 궁금하면 정보를 알려주기도 하였고 무료로 텃밭을 개방하여 농사정보를 알리고 싶다고 전했다.

백산 작은 도서관의 중요한 업무 중 농업 관련 책 구입이 빠지지 않았으면 좋겠다. 농부와 캠핑족과의 귀농 귀촌 정보의 연결은 곧 농촌에 대해 자연스럽게 알아 가는데 책과 사람의 매개체가 단단한 인연으로 연결되기 때문이다.

신 대표는 작은 도서관을 "지식과 힐링이 있는 편하게 오가는 외갓집 같은 곳으로 만들고 싶다고" 했다.

농촌에서의 작은 도서관은 어떤 의미로 다가와야 할까? 작은 도서관이지만 주민들이 소소한 이야기가 모인 곳이다 .

지칠 때마다 잠시나마 오아시스처럼 쉬어가는 그런 공간이면 좋겠다. 귀농 귀촌하는 도시민에게는 농촌에 대해 알아가고 풀어가는 정보 센터로서 열려 있어야 한다. 주민과 도시민이 모여 정보를 교환하고 실질적으로 도움이 되도록 작은 도서관의 역할이 더 중요하게 자리 잡았으면 한다.

한 가지 덧붙이자면, 작은 도서관에서 책 모임을 열어 지친 농촌의 일상을 책으로 소통하는 시간이 문해력을 극복하고 선진 농사법에 도움을 주기 때문에 이런 책 사랑방을 적극 활용할 필요가 있다.

낙후된 시골마을에 더 많은 작은 도서관이 생겼으면 한다. 문화 소외 지역의 격차를 해소하고 삶의 질을 높이는 계기가 될 테니까.

5

밀양향교의 '작은 도서관', 가슴 설레는 공간

밀양향교는 선비들이 학문을 배우고 익히며 교화하는 곳이다. 2017년 7월 향교 내에 전국 최초로 작은 도서관을 개관했다. 아주 멋진 일이다. 향교가 지식과 정보를 제공하여 밀양의 독서 문화를 한 걸음 더 나아가게 만드는 듯하다. 향교로 가는 길은 대나무가 우거져 시원했다.

입구에는 '작은 도서관'과 향교에 대한 안내가 적혀있다. "누구나 이용할 수 있는 열린 공간"이라는 글귀에 마음이 편하다. 밀양시에서 운영하다 보니 전문 사서와 책 상담을 할 수 있고, 다양한 독서 프로그램도 체험할 수 있다. 아이들은 역사와 독서 그리고 옛 분위기 속에서 잊을 수 없는 하루를 보낼 수 있다.

풍화루 아래 쪽문으로 향하면 명륜당이 나오는데 그 옛날 선비들이 천자문을 읊는 소리가 들리는 듯하다. 향교 내에는 명륜당을 중심으로 동재와 서재, 직원이 머무는 전교실, 공자와 선조의 위패를 모시는 대성전이 자리 잡고 있다. 작은 도서관은 서재에 꾸며 책 읽는 공간으로 마련했다. 그 공간에서 책을 읽는다는 것은 그 자체로 가슴이 설레는 일이다. 멋지고 자랑스러운 것은 널리 알려야 한다.

'작은 도서관'은 어린이 서재와 어른 서재로 분리하여 책 읽는 공간으로 꾸몄다. 향교와 도서관은 모두 책을 읽거나 배우는 공간이라 그 의미가 크다. 들마루에 올라서면 온몸이 시원하다. 코로나로 인해 열 체크와 방문 조사는 필수다.

어린이 서재에는 주제별로 다양한 어린이책들이 있지만 특히 어린 자녀를 위한 그림책들이 많았다. 코로나 이전에는 가까운 어린이집이나 유치원에서 체험으로 왔었고 초등학교에서도 견학 오는 사례가 많았다.

하지만 현재는 단골 이용자만 이용하고 있어 아쉬운 마음이 크다. 코로나가 끝나 북적북적한 향교 도서관의 매력에 푹 빠져보기를 희망해 본다. 은은하고 아늑한 공간에서 책 읽는 느낌은 새로울 것이다.

창호지 문과 세살창으로 보이는 바깥의 고즈넉한 풍경은 그야말로 고풍스러우면서도 운치 있어 기분 좋다. 향교 작은 도서관을 찾는 이유가 아닐까 하는 생각이 든다. 책을 읽지 않아도 잠시 눈을 감고 쉬어보는 것도 향교에서만 누릴 수 있는 특권이다.

바로 건너편에는 명륜당 일부를 활용하여 일반 서재로 꾸몄다. 일반적으로 어른들이 보는 책으로 문학, 사회과학, 예술, 역사 등 다양한 주제의 책들이 있었고 특히 밀양 지역에서 활동한 작가의 책과 밀양에 관한 책들도 열람할 수 있다.

일반 서재는 명륜당을 그대로 살리고자 했다. 서가에서 바라보는 향교의 고즈넉한 풍경에 매료된다. 단청으로 이루어진 천장은 세련미가 있었고 은은한 조명등은 책 읽는 분위기를 한층 살렸다. 고전적이고 아름다운 미가 지친 일상을 풀었다. 가만히 기대어도, 눈을 감고 있어도 알 수 없는 충만감에 사로잡힌 하루가 되었다.

명륜당에서 바라본 풍화루와 고목은 더없이 멋스럽다. 향교 뒤뜰에는 대나무 숲이 있어 바람이 일렁거릴 때 대나무의 숨결이 하나둘씩 파도를 치는 듯하다. 대숲 소리, 산새 소리, 솔바람 소리에 잠시 기대어 옛것에 스며드는 시간이다. 천천히 느리게 책을 읽고 색다른 즐거움에 빠져보는 것은 어떨까?

6

책, 문화, 예술, 창작이 아우러진
'김해 지혜의 바다'

오늘날의 도서관은 문화를 향유할 뿐만 아니라 여유와 창작 그리고 책을 매개로 다양한 삶을 충족시킨다.

누구나 평등하게 누릴 수 있는 도서관은 일상의 삶과 연결될 정도로 자연스럽게 스며들어 있다. 여기 김해시 주촌면에 새로운 복합 독서문화공간이 개관되어 한걸음에 찾아가 보았다.

주촌면은 공단과 산업단지가 많다. 반면 문화적 시설은 부족하다. 그런 의미에서 '김해 지혜의 바다'가 개관됨에 따라 주촌의 랜드마크가 될 것으로 기대가 크다.

폐교된 주촌 초등학교 부지에 창원 마산회원구 구암동에 이어 두 번째로 2019년 12월 11일 '김해 지혜의 바다'가 문을 열었다.

학교 건물을 지혜동으로, 체육관 건물을 바다동으로 리모델링했다. 체육관 건물 바다동 1층으로 향하면 6개의 방이 아이가 자연스럽게 책과 놀이를 접할 수 있는 테마별 책 놀이터가 다양한 공간 속에 독서의 재미를 더했다.

레고 방, 동화방, 공룡 방, 등대 방, 별빛 마루, 나눔 방 등 생동감이 넘치는 능동적인 공간이 여기저기 눈에 띈다.

전시형 공간은 여러 테마별로 도서가 전시돼 있었다. '바다'로 주제로 한 도서 전시와 지혜, 상상력을 뜻하는 보라색을 전시한 컬러인북 그리고 팝업북이 신비로운 세계로 눈을 즐겁게 한다. 넓은 동화방은 다양한 인형극과 그림책 공연이 열려 동화의 세계를 함께 꿈꾸고 상상하는 놀이터다.

공룡을 테마로 하는 과학 책놀이 공간은 공룡시대를 표현하듯 신비롭다.

1층을 아이가 자연스럽게 책과 놀이를 접할 수 있는 테마별 책 놀이터가 다양한 공간 속에 독서의 재미를 더했다.

탄성이 절로 나오는 2~3층은 복합 독서문화공간으로 삶을 책과 연결하여 즐기는 인터페이스다. 바다를 향해하는 향해 테이블은 역동적이다. 10m 높이로 빼곡하게 꽂혀있는 곳에서 책을 읽거나 공연을 감상하거나 작가를 만나 북 토크를 여는 곳은 언제 보아도 절로 매혹적이라 빠지지 않을 수 없을 것 같았다.

"도서관이 지닌 수많은 세계관은
매혹적이고 흥미진진한 것들로 가득 차 있다."

2~3층은 책 읽는 곳 외에 공연, 강연, 음악회가 가능하도록 북페라 형 독서공간이 조성돼 있어 매혹적이다.

공간의 구성도 이채롭다. 문화공연을 할 수 있는 지혜 마루, 만화를 즐기는 공간인 웹툰 존, 세계문학을 향유하는 반개방형 독서공간인 문학의 방 그리고 아이와 청소년이 좋아하는 벌집 모양으로 꾸민 꿈 다락방은 책 읽는 마음을 자유로운 형태로 표현했다.

그 외에도 정보검색의 디지털존과 3층에 마련된 테라스형 몰입 독서 공간인 리딩존은 특별함이 있다.

여기에 학교 본관 건물을 리모델링한 지혜동은 창의적인 아이디어를 실현하는 메이커 스페이스와 중소기업이 많은 김해지역을 고려하여 제품을 홍보할 수 있는 기업 사랑방, 카페테리아, 동아리 활동 공간이 있어 흥미롭게 다양한 이야기를 만들어 새로운 문화를 이끌어 낸다.

메이커 스페이스(MakerSpace. 3D프린터 등으로 상상력·창의력을 마음껏 펼칠 수 있는 창작공간) 공간은 학생들에게 창의적인 사고와 아이디어를 구현할 수 있다. 김해 지역 중소기업 제품을 전시하고 홍보를 제공하는 기업 사랑방은 상생 방향을 제시하는데 중요한 의미를 전달한다.

기존의 도서관 개념에서 벗어나 능동적이고 창의적으로 가미하여 책 읽는 곳을 새롭고 놀랍게 문화적 공간으로 만들었다.

누구나 자유롭게 어우러지는 독서 테마공간은 책문화를 자연스럽게 정착할 뿐만 아니라 삶의 질을 향상시킬 수 있는 힘의 근육을 키울 수 있을 것으로 생각됐다.

매혹적이고 흥미진진한 김해 지혜의 바다에서 아이들과 함께 지혜를 품고 미래를 항해하는 책 바다여행으로 떠나보면 좋을 것 같다.

7

북 힐링,
'가야산 독서당 정글북'

요즘 코로나 19로 인해 심신의 안정과 힐링이 필요할 때다. 우리는 지금까지 겪어보지 못한 '새로운 일상(New Normal)'과 마주하고 있기에 지친 삶을 치유하고자 하는 마음이 어느 정도 바라고 있지 않을까? 자유롭게 마음껏 책을 읽거나 자연 속 힐링의 공간이 그 어느 때보다 필요함을 인지하고 있음을, 도심에서 벗어나 자연을 느끼며 책과 함께 힐링하며 휴식을 취할 수 있는 곳들을 찾아 나서는 사람들이 많아지고 있다.

2020년 9월 24일에 개관한 '가야산 독서당 정글북'이 주말마다 많은 사람들이 이곳을 찾아 즐거움을 만끽하며 하루를 힐링하는 코스로 인기가 높아지고 있어 찾아가 보았다.

가야면 매안리의 가을도 어느새 마을을 깊게 물들었다. 참기름의 고소한 냄새와 감 익어가는 작은 시골마을 풍경은 보고 듣고 미각에 색다른 공기가 나를 반겼다. 정겹다.

80년이 넘은 작은 옛 시골학교가 멋진 힐링 공간으로 변했다. 주말을 이용하여 가족단위의 이용객들이 먼저 보인다. 데크에서 오순도순 아이와 즐기는 모습들이 평화로워 보이는 오후의 한때다. 교정은 옛 그대로 살려 자연 그대로의 자연스러움이 곳곳에 옛 추억과 마주하는 기분이다. 동물 형상과 책 읽는 소녀상은 친근하다.

주말 북 캠핑을 즐길 수 있는 10동의 방갈로에는 예쁜 별 이름이 각각 붙여졌다. 아이들이 좋아하는 다락방에서는 밤하늘 별을 볼 수 있는 행운이 주어졌다. 은행잎이 떨어진 여유 별 방갈로는 고즈넉한 분위기를 자아낸다. 아침을 마주하는 상상은 언제나 즐겁다.

가을바람을 느끼며 코콘 해먹에서 편안하게 쉬거나 야외 도서관에서 가볍게 그림책을 읽는다. 모험을 떠나는 그물 놀이는 아이들에게 신나게 모험심을 키울 수 있어 즐거움을 준다.

1·2층 독서당에는 책을 읽을 수 있거나 그림책 퍼즐, 컬러 드로링, 원고지 한 장 필사 등 11가지의 자유 체험과 강연, 창작, 음악 감상이 가능하도록 꾸몄다. 개성 있는 그림책이 아이들의 꿈의 세계로 초대한다. 아기자기한 인형들이 집에 온 것처럼 아늑하다.

지역의 마을학교 상주작가의 도움을 받아 유리공예와 탁본의 체험과 창작 활동을 누릴 수 있고 작가 방, 음악방, 웹툰 방은 특색 있는 방들로 이용 고객의 맞춤형 개성을 살렸다.

정글의 숲처럼 자연친화적인 공간인 모글리의 숲은 어린이 및 가족 단위 이용자들이 책을 검색하고 편안하게 읽거나 공연과 강연 그리고 편안함을 주었다. 지역민을 위한 동아리방은 지역공동체를 위한 프로그램과 회의를 위한 공간이다.

복도에도 자존감을 높여주는 그림책이나 유명 그림책 작가의 소개와 책도 전시되어 세심하게 알렸다. 각자의 방을 보면 집에 온 것처럼 편안하게 책을 읽는 모습들이 보니 흐뭇하다. 이곳의 모든 일상은 자연스러움이다. 눕거나 기대어 나만의 오롯한 책과의 시간은 상상과 생각의 깊이를 채웠다.

정글북의 선생님과 함께하는 학생 견학 체험 프로그램은 매주 일정이 잡혀있을 정도로 인기가 좋다. 견학 프로그램도 알차다. 음악회, 공연, 강연, 마술, 인형극, 뮤지컬 등 주말에는 다채로움을 선보인다. 특색 있는 1박 2일 가족 힐링 북 캠프는 2021년 3월 이후 진행되므로 '가야산 독서당 정글북' 홈페이지를 참고하면 된다.

한편, 지역주민과 함께하는 건강특강 및 정글 극장은 매주 화요일 운영하여 마을공동체로서의 다양한 복합 문화가 살아있는 곳으로 만들어가고 있다.

대구에서 온 한 가족은 "아이가 좋아하는 색다른 체험 프로그램이 각 각의 방으로 연결되어 탐험하듯 즐겁게 하루를 보낼 수 있을 뿐만 아니라 싫어하는 책과 조금은 친해질 수 있어 좋았다."라고 말했다.

이동훈 관장은 "학생들의 견학 체험 프로그램과 가족 단위의 북캠프, 놀이, 공연, 독서, 전시 등이 어우어진 공간으로, 머물지 않고 마을학교와 가야산 해인사 힐링코스와 연계하여 자연에서 치유할 수 있도록 하는 등 앞으로 3가지를 중점으로 운영할 것"이라고 밝혔다.

이곳에서 10분 거리에는 김굉필, 정여창 등의 옛 선비들이 독서와 수양을 하던 소학당이 있어 그 의미를 더한다. 주변의 소나무 숲길은 솔바람 솔향기를 맡으며 또 다른 힐링을 즐길 장소다. 소학당을 지나 해인사 소리길을 지나칠 수 없다. 대장경 테마파크에서부터 해인사까지 약 7km에 이르는 소리길을 걷는다. 사계절 다 좋지만 특히 가을에는 붉게 물든 단풍의 유혹에 빠져 황홀하다. 감성에 물든다. 옛 독서당은 책을 읽고 시를 짓고 낭송하며 글을 쓰는 창작의 공간이었으며, 자연을 즐기는 풍류의 공간이었다. 옛 독서당의 취지를 되살려 '가야산 독서당 정글북'은 온 가족이 마음껏 뛰놀며 즐기며 오롯이 그 시간만큼 북 힐링을 담아 갔으면 좋겠다.

8

온 마을의 아이를 키워낸
진주 속 珍珠 빛 책문화 공간,
'마하 어린이청소년도서관'

날씨가 너무 좋은 가을날에 마하 어린이청소년도서관을 만났다. 경남 최초 사립 공공도서관으로 개관 10년을 맞이한 도서관은 그야말로 기적이다. 그 어려움을 몇 고비 넘긴 도서관은 다시 일어난 것처럼 단단함으로 그 길을 가고 있었다.

도서관에서 아이가 자랐고 엄마가 자랐고 행복한 꿈을 꿨다. 아프리카 속담 중에 "한 아이를 키우려면 온 마을이 필요하다." 말을 실천하고 있는 '마하 어린이청소년도서관' 이야기다. 10년 동안 지역민 모두가 운영 주체가 되어 책, 사람을 만나고 서로 위로를 받고 성장과 아지트, 놀이터 등 모두의 공동체로 늘 가능성이 열렸기에 가능한 일이었다.

상가건물 2, 3층에 마련되어 있는 도서관은 입구로 들어가는 순간 사랑방 같은 느낌을 받았다. 별별 이야기로 꽃 피우는 곳곳의 공간은 아이들이 좋아하는 곳으로 꾸몄다. 이름도 예쁘다. 나누리, 하늘문, 반딧불, 옹달샘 특히 연두 계단은 아이, 어른할 것 없이 좋아하는 곳이라 한다. 책을 읽고 자연스럽게 미끄럼틀을 타면 동심을 즐긴다. 얼마 전에 문을 연 소리뜰은 야외에서 즐기는 독서 피크닉, 음악회, 놀이터 등 자유로운 공간이다. 이름은 공모를 통해 뽑았다. 그때의 관심은 기대 이상이었다. 어린이 작업실 '모야'는 어린이가 저마다의 스스로 작업하는 자유를 만나는 모험의 공간이다. 선생님도, 교재도, 정답도 없다. 시도만 있을 뿐, 실패란 없다. 못한 작업도, 잘한 작업도 없는 도서관에서 가장 인기 있는 곳이 되고 있다. 장서는 유아와 어린이가 좋아하는, 숨을 불어넣는 그림책과 동화책이 절반을 차지 했다.

진주 그림책 연구회 도란 회원 작품인 '나를 찾아가는 드로잉 여행'이라는 주제로 작품 하나하나 나를 가꾸는 드로잉이 액자에 걸렸다. 진주 남강을 표현하거나 진주 전통시장을 그리는 자원봉사 활동가의 진지한 작품세계는 그 공간이 지닌 따뜻함이 묻어난다. 따라 할 수 없는 깊은 도서관 이야기가 궁금할 수밖에 없었다.

윤선희, 양미선 요일 관장, 김미연 사서와 함께 도서관 이야기를 듣고 있으면 자부심으로 열정 가득한 눈빛을 느낄 수 있었다. 아장아장 걸음마를 시작한 아이와 함께 들렀던, 도서관이 좋아서, 사람이 좋아서, 독서모임과 엄마 독서학교 등 첫 만남의 인연이 달라도 우연이 필연이 되었다. 그렇게 10년의 세월 동안 한 뼘 성장했고 꽃피웠다. 그 뿌리가 벌써 16기에 이르렀다.

도서관이 들어서기 전 2009년 '엄마 독서학교'가 운영되면서 책문화 공동체가 만들어졌다. 이 정신적 뿌리가 모여 운영의 밑거름이 그려졌고 도서관의 자양분이 되었다. 특별한 것은 공간과 운영방식 등은 이용자가 자연스럽게 자원활동가가 되어 순수하게 자발적으로 프로그램을 만들고 운영했다. 도서관 공동체를 만들어가고자 했던 일들, 그 선한 영향력으로 도서관의 존재가치를 실현하고 있다는 것에 감탄이 절로 났다. 전국에서 현장답사를 올 정도로 운영의 우수한 모델을 배우고 갔다.

도서관에는 자랑할 만한 프로그램도, 활동도 너무도 많았다. 2009년부터 230강 이상의 독서문화 프로그램 및 책문화 활동가 양성과정 등의 인문 독서 강연과 밑줄 독서모임, 그림책 친구들, 숲속 친구들, 도란과 디적디적, 역사동아리 등의 작은 소모임은 모두가 함께 책과 사람, 삶이 스며드는 소중한 시간임에 틀림없었다.

진주 그림책 연구회 '도란' 회원 15명이 고치고 다듬고, 맞대어 7개월의 과정을 거쳐 진주의 소중한 역사와 문화적 가치를 그림책에 담았다. 《유등, 남강에 흐르는 빛》은 아마추어 엄마의 땀과 열정, 애정이 녹아내린 작품이었다.

순수 시민 후원금으로 운영되는 도서관이다 보니 열악하고 턱

없이 예산이 부족한 형편이다. 지역민의 관심과 진주시의 조례 제정 등 다양한 방안이 마련되기를 모두가 고민할 시점에 왔다.

양미선 관장은 "수리수리 마하수리 수수리 사바하라는 주문처럼 도서관이어서 가능한 일들을 즐겁게, 신나게, 가치 있게 만들어 가겠다고" 윤선희 관장은 "나에게 도서관은 인생의 1/3, 10년을 버텨 온 힘이라면 아이도 나도 도서관에서 배우고 읽히고 놀고 성장했던 시간이 너무 좋았다고 앞으로도 사랑방 같은 따뜻한 공간으로 만들어 가겠다고" 밝혔다.

진주에 있는 특별한 도서관이 아니라 전국에서 도서관의 존재 가치를 가장 잘 엮어가는 사람들의 삶이 맞닿아 있는 이야기다. "엄마가 행복해야 아이가 행복하다 그런 정신을 품고, 아이와 엄마를 동시에 행복하게 만들면서 이 동네도 바꾸고 우리 사회도 바꿀 수 있겠다고" 도서관 설립자인 성공 스님의 말씀처럼 도서관이 그 매개체가 되었고 앞으로 걸어가야 할 10년은 무한한 가능성으로 또 어떤 꿈을 짓고 커나갈지 지역 공공재로서 우리가 도서관에 관심을 갖고 이용해야 할 이유이며 마음의 자세이다.

> "여러분이 어린이들에게 작은 친절을 베푼다면
> 그 어린이들도 자라서 다른 어린이들을 그렇게 도와줄 거예요."
>
> 칼라 모리스

"독서 지도의 종착역은
자아실현이라고 생각해요."

우리는 우연히 사람과 책을 만나 삶이 바뀌는 경험을 하기도 한다. 김영숙 사서도 사람을 통해 삶이 바뀌었고, 그 삶을 키워낸 사람이다.

12년 차 김영숙 사서의 생애와 작은 도서관 이야기를 들어 보았다. 올 2월 6일 오후 5시에 만났다. 결혼하면서 독박 육아로 무료했던 삶의 의욕을 불러일으켜 세운 것은 공부였다. 막내가 5살이 되면서 시작한 공부는 매일 아침 도서관으로 향하게 했다고. 방학이면 아이들과 매일 자전거를 타고 도서관 나들이를 즐겼다.

아이가 학교에 입학하면서 학교 도서관에서 도서 도우미 봉사를 시작하였고 졸업할 때까지 활동을 했다. 학교 도서관에서 봉사하는 모든 일이 신기하고 재미있었다. 이런 경험이 사서의 길을 걷는 결정적 계기가 됐다.

"책 등에 붙여있는 청구기호가 너무 신기했어요. 사서 선생님이 설명을 해도 도무지 이해가 되지 않았어요."

사서가 되어 학교에서 아이들과 행복하게 지내고 싶다는 생각을 행동으로 옮겼다. 늦은 나이에 문헌정보학과에 입학하여 배움을 실천했다. 졸업하고 팔판 작은 도서관과 인연이 되었고 집, 일, 도서관 생각만으로 걸어왔다. 현재 글로벗 도서관에서 행복한 이용자를 만나고 있다.

책보다 사람을 좋아한다고 소개한 그녀는 사서가 되고부터는 그 사람이 읽고 있는 책을 보면 내면을 읽을 수 있고 관심사가 무엇인지, 어떤 생각을 하는지를 '인생 책'으로 엿볼 수 있다고 했다.

"저의 인생 책은 살면서 의문이 들 때마다 갈증을 해결해 준 것이 책인데요. 나를 책의 세계로 빠져들게 한 존 스타인백 《분노의 포도》와 삶을 재정비하게 해 준 지광 스님 《정진》, 왜 공부를 해야 하는가에 답을 준 사이토 다카시 《내가 공부하는 이유》에요. 앞으로도 살아가면서 인생 책은 더 늘어나겠죠."

작은 도서관은 이웃과 가장 가까이에서 일대일로 책 상담 및 처방을 위한 봉사가 가능하기 때문에 책과 관련된 재미난 에피소드가 많았다.

"어느 이른 아침에 도서관을 방문한 이용자께서 어제 아이가 읽은 책을 빌리고 싶은데 책 제목이 생각나지 않는다고. 이용자와 스무고개를 했던 기억이 생생합니다. 그림책 코너에 있었고 빨간색이며 표지에 뼈 그림이 그려져 있었어요. 책의 크기가 좀 컸던 것으로 기억돼요(웃음)."

그 책은 장뤼크 프로망탈의 《뼈를 도둑맞았어요!》이다. 책을 찾아주자 이용자의 칭찬에 기분이 좋았다. 20여 전 사서 선생님께 했던 말을 현재 사서가 되어 자주 듣는 말이 되었다. 그녀는 이용자와의 스무고개는 행복한 도서관 일상 중에 하나였다.

처음 도서관 사서가 되고 얼마 지나지 않아 초등 4학년 아이가 "선생님, 이 책 읽어보셨나요? 엄청 재밌어요."라고 추천을 해 준 호아킴 데 포사다의 《바보 빅터》다.

"우리는 모두 자기만의 인생을 살고 있으며 우리에게는 날개가 있다"는 감동적이고 희망찬 메시지로 전달되어 누구나 좋아하는 대표적인 책으로 도서관에서도 인기가 많았다.

그녀는 9.11 테러 이후 뉴욕시립도서관의 역할을 엿볼 수 있는 스가야 아키코 《미래를 만드는 도서관》을 읽고 많은 생각을 하게 되었다고. 도서관이 본연의 역할에 한정 짓지 말고 자리를 잡은 환경과 변화하는 이용자의 환경에 맞게 필요한 서비스를 제공해야 한다고 생각했다.

김해시의 모든 작은 도서관이 똑같은 방식으로 운영할 필요가 없다. 그 예로 미술 특화 도서관이 탄생했고 다양한 모습으로 자기만의 환경에 맞게 특화된 작은 도서관이 많이 생겨났으면 좋겠다고 했다.

작은 도서관은 큰 도서관에서 할 수 없는 다양한 시도를 주민과 함께 고민하여 실현할 수 있는 이점이 좋다. 아주 가까이에서 이웃 이용자를 만날 수 있다는 것이 작은 도서관의 매력이다.

"작은 도서관에서 고민하고 성장하면서 자신의 삶을 찾아 떠나는 자원봉사자, 운영위원, 이용자를 보는 것만이라도 행복해요."

"독서 지도의 종착역은 자아실현이라고 생각해요. 도서관에서 책 문화를 함께 나누고 소통하는 과정이 자아실현을 위한 발전하는 삶이죠. 그 삶을 지켜보는 것이 작은 도서관 사서의 역할이 아닐지요."

앞으로의 계획은 "2009년 김해 글로벗 도서관이 개관하여 십여 년이 지났지만 여전히 다문화 특수도서관을 모르는 시민이 많아요. 올해는 특히 다문화 특수도서관을 알리고자 전념을 다할 생각입니다."라고 밝혔다.

작은 도서관의 관심부재 및 역할의 정체성, 1인 사서에서 오는 근무여건과 운영의 어려움이 많았다. 작은 도서관의 지원 조례 개정 등 현실적인 행정, 재정의 뒷받침 방안이 마련되기를 바랐다.

　김영숙 사서는 책보다 사람을 좋아한다. 사람을 통해 뜻밖의 책을 만나고, 새로운 삶으로 이어진다는 말에서 도서관을 사랑하는 마음이 느껴졌다. 그녀의 끊임없는 도서관 사랑에 박수를 보낸다. 도서관 이용자에게 따뜻한 가슴에 온기를 불어넣는다는 것은 좋은 일이고 멋진 일이다.

사서가 떠나는
동네 책방 여행

1

동네 책방이
존재해야 할 이유

얼마 전 안타까운 소식을 접했다. 동네 책방이 폐업했다는, 한 번쯤 가보았던 곳이라 마음이 아려왔다. 도시보다는 지방의 책방은 더욱 심각하게 운영되고 있는 것이 작금의 현실이다.

동네 책방이 죽으면 그 지역의 문화도 함께 쇠퇴되는 것은 당연한 결과다. 우리가 살아가는데 그 골목의 책방 안의 소소한 이야기들이 전하는 작고 여리지만 문화가 흐르는 선순환의 현상이 지속되는 곳이 동네 책방이다. 사람이 책이고 그런 경험을 듣고 그 안의 콘텐츠를 담는다는 것이 문화의 경쟁력이다. 우리 삶의 문화를 살찌우게 하는 비결이겠다.

책방이 책만 파는 곳이 아니라 문화를 팔고 있다는 것을 오늘날 우리는 직접적으로 피부에 와닿도록 경험하고 있다. 그럼에도 불구하고 사람들에게 도외시되는 것은 무엇일까?

문화란 눈에 보이지 않기 때문에 그런 결과적으로 편협한 의식으로 바라보고 있지 않을까 하는 생각이 든다. 책방 지기가 소개한 책들을 경험하게 하고 함께 나누는 일상의 변화가 곧 문화가 되었고, 그런 공간에서 사람들이 모여 책 문화를 이루었고 작은 것들의 이야기가 오늘날 우리가 원하는 책방의 모습이고 나아가 지역 문화를 살리는 힘이 되고 있다는 사실은 부인할 수 없다.

'책'은 매력적인 문화 아이콘이다. 다양한 커뮤니티의 문화공간으로써 '책'에서 다양한 것들로 만들어낼 수 있기 때문이다. 개인적 질적인 가치뿐만 아니라 사회 문화적 삶 속에 녹아내리게 때문에 그 의미와 방향성이 매우 크다. 동네 책방은 그런 경험의 장소다.

올든 버그의 책 《아주 멋진 장소》에서 "제1의 공간은 집, 제2의 공간은 생산적인 일을 하는 업무공간을 가리키며, 제3의 공간은 집과 업무공간을 넘어선 커뮤니티와 커뮤니티가 모여 행위를 하는 포괄적인 사회적 공간이다."라고 하였다.

대표적인 제3의 공간, 책방은 새로운 문화가 발산되고 다양한 세대들이 모여 공감하고 소통하는 인위적인 행위가 아니라 자연적으로 흘러나오는 책문화다. 동네의 문화를 이야기하고 작가를 만나거나 영화를 보는 것도 일상의 흐름이다.

서로 다른 점을 인정하고 책 속의 진실들을 파헤친다. 때론 지역 작가를 만나고 지역의 소리를 높이는 곳이 책방이기에 우리는 그곳으로 가야 할 이유요, 바로 서야 할 이유기도 하다. 동네의 작은 공간이 가진 존재란 어마어마한 일들이 벌어지는 있기 때문이다.

신영복의 《담론》에서 "변화와 창조는 중심부가 아닌 변방에서 이루어진다. 중심부는 기존의 가치를 지키는 보루일 뿐 창조 공간이 못된다. 인류 문명의 중심은 항상 변방으로 이동했다. 그러나 변방이 창조 공간이 되기 위해서는 결정적인 전제가 있다. 중심부에 대한 콤플렉스가 없어야 한다."라고 말했다.

변방에서 즐기는 다양한 이야기들이 모이고 모여 우리는 동네 책방에서 새로운 문화를 경험한다. 단순히 책을 파는 공간에서 벗어나 한 사람, 아닌 누군가의 생애를 담아내는 곳이다.

일론 머스크, 래리 페이지, 마크 저커버그, 스티브 잡스 등의 영향을 미친 곳이 동네 책방, 도서관이다. 그들은 구석진 곳에서 책만 읽은 것이 아니라 인문학적 삶도 흡수했다. 그 안의 사람을 생각하고 이해하는 힘은 다분히 책이 아니라 작은 공간이 가진 보이지 않는 문화가 그들을 지금의 인문과 과학을 융합하는 힘을 키웠다.

한 아이의 문화적 가치를 키운 것은 동네의 작은 변방인 책방이다. 그저 자연스럽게, 우연히 책을 읽고 함께 나눈 것들의 물리적 행위가 아니라 정서적 공간이 단순해 보여도 그 안의 공기와 향기는 다르다. "문화"가 있기 때문이다. 대형서점과의 차별성 때문에 매력이 있다.

　책은 단순한 물건 이상의 가치를 지녔다. 책의 스토리가 있는 책방은 책에서 찾은 것들을 새롭게 재창조하는 문화적 다양성을 누릴 수 있기에 그 의미와 가치는 크다.

　책방의 존재가치를 높여주는 것은 동네 사람들이 관심을 갖고 지속적인 삶으로 스며드는 것이다. 설렁설렁 봄바람 부는 날 동네 책방에서 책을 구입하고 문화를 만나는 시간을 가져보는 것은 소소한 발견이 나를 이끌어주기 충분하다. 멋진 일이다.

2

서리단길의 소소한 동네 책방, '기빙트리'

어느 골목길 불 밝힌 책방에 사람이 모이고 풍경이, 숨결이 넘친다는 것은 소소하지만 기대고 싶은 무엇인가가 잠재되어 있기 때문이다. 이 작은 공간에서 우리는 작은 꿈들을 키우기도 하고 알수 없는 힘이 솟구치는 존재 이상의 가치를 지녔다. 책방이 없는도시는 상상도 할 수 없었다. 그만큼 우리 생활 속에서 누군가에게위안과 위로를 주는 힘을 가졌다.

양산 물금읍 화산길에 있는 서부마을은 '서리단길'로 불린다. 낡고 해진 예스러운 골목길에 신세대가 즐길법한 힙합의 감성은 찾아볼 수 없어도 아기자기한 예쁜 상점과 맛집으로 소문나 많은 사람들이 찾아오는 거리가 되었다. 식당과 커피전문점, 사진관, 자전거 수리점 그중에서 가장 묘한 매력을 가진 '아낌없이 주는 나무' 동네 책방 기빙트리(Giving Tree)가 있다. 낮에는 작은 책방이지만 밤이 되면 책방의 온기와 은은한 불빛이 발길을 멈추게 할 정도로 아담하다.

2022년 2월에 문을 연 동네 책방은 옛집의 채취가 그대로 채색되어 궁금증을 불러일으켰다. 입구의 작은 나무집은 어린이를 위한 무인도서관이다. 아이들이 스스로 책을 빌리고 반납할 수 있도록 책방 지기의 따뜻한 마음이 고스란히 담겼다.

"캐나다의 북 유튜버가 동네 미니 도서관 투어를 소개하는 영상을 보고 아이디어를 얻었어요."

책방지기 개인 책과 시민이 기증한 책으로 채웠고 양심을 배워가라는 의미를 두었다. 기빙트리의 책방 주인 김형은 씨를 만났다. 그녀는 코로나로 인해 직장을 잃었다. 그 바람에 제주도로 머리나 식히자고 떠났다. 독립 책방 겸 게스트하우스를 운영하는 곳에 숙소를 정했는데 우연히 필사와 낭독 모임에 참여하면서 책방이라는 매력에 빠졌다고 한다. 제주도의 60곳 중 동쪽의 책방을 투어 하기 시작했는데 그때부터 가슴이 뛰었고 소박한 꿈이 생겼다고 했다. 제로 웨이스트에 관심이 많은 형은 씨는 양산의 천연 제작소를 둘러보고 서리단 길에서 밥을 먹었다. 그 거리에서 눈에 들어온

20년 된 낡은 통닭집을 발견하게 되었고 가족의 반대에도 불구하고 지금에 이르렀다. 울산에서 한국어 강사로, 양산에서는 책방지기로 살아가는 형은씨는 매일 책방에 오는 시간이 즐겁고 행복하다고.

"가슴이 뛰고 즐겁고 행복했어요. 그렇게 책방과 나의 인연은 시작됐습니다."

책방에 들어서면 작은 공간 공간마다 시와 에세이, 취미와 여행, 영어 원서 책, 중고책 등 알차게 코너를 꾸몄다. 중고책 가격은 책방지기의 기분에 따라 가격을 정한다.

이 책방의 특별한 공간은 제로 웨이스트 존이다. 《라면을 먹으면 숲이 사라져》, 《우린 일회용이 아니니까》 등 책 제목에서부터 던지는 취지를 알 수 있었다. 한 사람의 실천에서 시작해 동네 이웃들과 건강한 가치를 나눈다. 플라스틱 칫솔 대신 대나무 칫솔을, 일회용 빨대 대신 재사용 가능한 소재의 빨대를, 비닐봉지 대신 삼베 주머니를, Giving Tree 제품에는 직접 손글씨로 제품 설명을 적어놓아 쉽게 접할 수 있으며 다회용 포장재, 오가닉 네트백 같은 환경을 생각한 예쁜 소품들이 아기자기한 비주얼로 구매욕까지 자극한다. 친환경 소재의 생활용품부터 관련 환경책들이 나열돼 있어 책방지기의 환경을 생각하는 마음을 읽을 수가 있다. 책방 여기저기 손 닿는 곳마다 고민한 흔적들의 정성이 묻었다. 누군가는 꿈이고 안식처인 책방에서 소박한 책문화의 풍경을 그렸다. 우연함이 결국 나를 이곳까지 가슴을 뛰게 했다는 책방지기의 말이 인상 깊다.

"손님이 책을 구입하지 않아도 책 제목만 보아도 무슨 메시지를 전달했는지 알아가는 것만이라도 의미가 있어요. 책방은 그런 가치를 주는 충분한 곳이잖아요."

책방 주인 형은씨는 서리단 길에 맞는 책을 추천했다. 이미경의 《동전 하나라도 행복했던 구멍가게의 날들》이다. 누구나 한 번쯤 구멍가게에서 군것질을 하던 따스한 추억 한아름 있다. 추억이 사라져 가는 아쉬움을 이 책을 보면서 마음의 위로를 받는 것 같았다. 서리단 길의 잊혀가는 가게처럼.

형은 씨는 "폐차, 폐기차로 이색적인 미니 책방을 만들고 싶고, 마음 맞는 사람끼리 일주일 한 번 새벽 독서를 하고 싶어요. 빈방을 꾸며 책 보고 이야기 나누는 따뜻한 공간으로 생동감이 넘치는 책방이 되었으면 좋겠어요."라며 밝게 웃었다.

형은 씨의 책방은 서두를 게 없다. 가끔 흘러나오는 음악에 취하고 감성에 젖는 책들은 어느새 마음으로 들어오기 때문이다. 아낌없이 주는 나무처럼 그곳으로 가면 소소한 행복이 닿았다.

3

헌 책방의 가치,
진주 '소소 책방'

나는 먼 타지에서 무력함을 달래기 위해 헌책방을 자주 이용했었다. 나에게 한 줄기 빛으로, 무일푼으로 책을 읽고 구입했던 곳이었다. 헌책방이 살아지고 있지만 여전히 우리는 낡고 손 때 묻은 헌책을 오롯이 느낄 때가 많았던 시절에 좋았던 기억으로 남아 있다.

헌책방은 누군가의 삶과 철학, 역사가 담긴 곳이기도 하다. 소소하고 하찮은 오래되었던 헌책이 가진 무수한 사고들의 편린을 우리는 깨우고 살펴보아야 할 때이다.

진주 망경동 골목에 있는 소소 책방을 찾았다. 요즘 망경동에는 오래된 골목에 작은 카페, 공방, 헌책방, 독립서점이 들어서 젊은 방문객들이 오가는 핫한 곳이 되었다. 소소 책방도 그중 한 곳이다.

과거 진주 시내에는 7~8군데 헌책방이 있었다. 하지만 지금은 4군데 밖에 남지 않아 안타까움을 더했다. 소소 책방 조경국 책방지기는 학창 시절 학교 앞 중앙서점을 매일 같이 오가던 단골손님이었다. 그는 책을 접할 기회가 많았고 그 공간이 주는 따뜻함에 행복한 시간을 보냈다.

서울에서 직장 생활을 하다 오래전 꿈꿔왔던 책방의 주인장이 되었다. 책을 좋아했던 것도 있지만 무엇보다 중앙서점 박상목 대표의 영향이 컸다고 전했다.

4번째로 옮긴 소소 책방은 원목 테두리에 빨간 벽돌로 둘러싸였다. 간판에 부엉이 불빛을 밝히고 있었다. 부엉이는 소소 책방의 캐릭터다. 창문에는 독일 사진작가 칼 라거펠트의 액자가 걸렸고 《한국회화 사론》, 《내면 기행》, 《우리 전통 예인 백 사람》, 《장자》, 《흑백사진 만들기》 등의 책들이 전시되어 있었다.

'사리가 밝고 또렷하다' 또는 '이치를 밝힌다는 것' 의미를 담아 소소(昭昭) 책방이라 지었다.

오래된 특유의 헌책 내음은 책방 주인장처럼 따스함이 배어 있었다. 딱딱한 새 책의 멋보다는 손때가 묻고 먼지가 쌓인 낡은 책은 사연이 있고 짓눌리는 삶이 있어 정감이 갔다.

단골 헌책방에서 인수한 책과 직접 수집한 책 2만여 권이 있다. 외국소설, 역사, 사회, 종교, 예술, 여행 등 다양한 주제류의 책들이 누군가의 손길을 기다리고 있는 듯하다.

책 제목만 보아도 눈길이 절로 가 익숙했다. 잠시 과거로의 시간 속으로 책 여행을 떠나는 기분이다.

조경국 책방지기는 여러 권의 책을 출간한 작가이면서 여행가이기도 하다. 오토바이로 2015년에 한 달간 일본 책방을 순례하였고 2년 전에는 유라시아 대륙을 왕복 횡단했었다.

여기저기 그의 쏟은 정성을 보면 그의 책방에 고스란히 스며있음을 짐작할 수 있겠다.

코로나 이후 그의 일상은 책방 운영 외에도 책자를 만들거나 인터뷰를 하는 등 하루 일과가 바쁘다. 책방은 오프라인의 한계로 인해 중고서점을 연계하여 온라인으로 판매하는 등 다양한 방법을 시도하고 있었다.

"예술서로 유명한 교토의 세이코샤 책방처럼 독립적으로 온라인 사이트를 구축하여 헌책을 팔고 싶다."고 밝혔다. 소소책방에서는 다양한 글쓰기 강의와 독서모임, 글쓰기 모임, 북 토크 등 다양하게 진행하고 있어 공간의 가치를 높여 주고 있다.

조경국 책방지기가 좋아하는 문장이 칠판에 또렷하게 적어 놓았다.

"책은 한껏 아름다워라

그대는 인공으로 된 문화물 가운데 꽃이요 천사요

또는 제왕이기 때문"

상허 이태준의 <무서록> 중

헌책을 파는 것보다 원형 그대로 훼손되지 않고 보관하는 것도 중요한 일이다. '를리외르' 순수한 아름답게 제본하는 프랑스의 제본 장인처럼 그는 책 제본을 위해 제대로 배워 보고 싶다고 했다. 그것이 헌책방 지기의 사명이자, 의무이기 때문이다.

여전히 어려운 현실에서도 하찮은, 버려지는 헌책의 생명을 불어넣어 새 주인을 만나고 당장 책으로서의 가치를 인정받지 못하지만 언젠가는 그 가치로운 책의 주인을 만나기 위한 수집과 보관, 수리하는 것이 책방지기의 역할이라고 했다.

소소 책방에는 책이 마지막으로 쉬어갈 수 있도록 새로운 주인을 기다리는 헌책들의 반란이 늘 서성거리고 있다는 것임을.

책 추천을 부탁했다. 《손으로, 생각하기》는 손과 몸을 쓰는 가치, 그리고 그것이 공허한 우리 삶에 미치는 치유의 효과를 소개하는 책이다. 직접 손으로 갈고닦고 기쁨을 주는 것 외에 풍요롭고 의미 있게 만들 수 있어 헌책방 지기로서의 일의 기쁨과 가치를 주었기 때문이라면 추천 이유를 설명했다.

조 책방지기는 "사진만 찍지 말고 도움이 되는, 어디선가 꽂혀있는 나만의 인연 책을 찾아가셨으면 좋겠다."고 당부했다.

헌책방은 누군가의 새 생명을 불어넣는 인연의 공간으로 세월이 지나도 보물 같은 존재다. 낡고 오래된 것들의 아름다움을 빛나게 하는 것은 우리의 현재, 미래 몫으로 남겨 두었다.

오래된 책을 간직한 사람은 책의 본연의 가치보다 애착에 가깝다. 애착은 필연적으로 살아온 이야기가 스며있을 것이다. 너덜너덜하기까지 간직한 책은 그 책의 의미가 남다르기 때문이기도 하다.

4

시가 머문 공간,
'백석이 지나간 작은 책방'

가을과 책방은 잘 어울린다. 무르익어가는 책방은 가을처럼 고 즈넉함을 품었다.

책방은 주인장의 손길이 닿지 않는 곳이 없어 삶이 머물러 있다. 요즘 책방은 책방지기만이 풍기는 그 공간의 매력이 숨겨져 있어 찾는 이가 많아지고 있다는 것은 반가운 소식이다. 오늘도 숨겨진 매력의 책방을 찾아 나섰다.

마산 합포구 육호광장 부근에 아주 작은 책방이 불을 밝히며 손 님을 기다린다. 겨우 몇 사람이 들어갈 정도이지만 그 공간은 사람 냄새나는 따뜻함을 품고 있었다.

책방의 박연숙 대표는 '시인 백석이 1936년(당시 24세) 자신이 흠모했던 통영 여인 란(蘭)을 만나기 위해 마산 역사(현 육호 광장)를 나와 통영으로 가는 배를 타려고 불종거리를 따라 걸었다'는 신문 기사를 보고 책방 이름을 지었다.

버스정류장을 오가는 이가 잠시 의자에 앉거나 쉼터가 되어주는 책방의 거리는 또 다른 멋스러움이 풍겼다. 빨랫줄에 걸린 사진과 젊은 여성작가의 얼굴, 그림책의 표지가 거리를 오가는 이에게 눈길과 호기심을 불러 모은다. 아기자기한 소품들은 남편 신태균 씨의 작품이다.

3년이 지나도 책방 부부의 일상은 늘 똑같았다. 하지만 온기 있는 풍경을 만들어가는 그 공간은 변하고 있었다. 책방은 시집과 그림책, 지역 작가가 출간한 책과 젊은 여성작가의 책들로 채워졌다. 그중에서 백석 시집은 늘 인기가 많았다.

신태균 북 큐레이터는 방송이나 독서 팟캐스트에 나온 시집과 책을 선정하여 구입하고 있다. 내가 좋아하는 시집을 추천하는 것은 대형서점에서 흉내 낼 수 없는 우리 책방만이 가진 매력이랄까? 공간이 협소하여 책 모임은 하기 어려워도 쉽게 닿지 않은 시어들처럼 그 여운이 오래 머물게 하는 곳이다.

커피를 마시러 오기도 하지만 우연히 찾아오는 손님은 책과 함께 인연으로 이어진다. 퇴직하여 남파랑길을 여행하다 책방에 들러 차도 마시고 책도 구입하는 손님부터 블로그로 인터뷰하고 소통하다 직접 책방에 들린 3명의 여고생은 따스한 환대에 방명록에 감사함을 남겼다. 책방 앞에는 거울이 있다. 잠시 쉬고 자신을 바라볼 수 있는 거울처럼 사람들이 부담 없이 찾는 공간이길 바랐다.

박 대표는 요즘 시의 위로가 절실함을 이야기했다. 그중 시인 서정주의 〈자화상〉을 읊었다.

애비는 종이었다. 밤이 깊어도 오지 않았다.
파뿌리같이 늙은 할머니와 대추꽃이 한 주 서 있을 뿐이었다.
어매는 달을 두고 풋살구가 꼭 하나만 먹고 싶다 하였으나….
흙으로 바람벽한 호롱불 밑에

손톱이 까만 에미의 아들.
갑오년이라든가 바다에 나가서는 돌아오지 않는다하는
외할아버지의 숱 많은 머리털과 그 커다란 눈이 나는 닮았다 한다.
스물세 해 동안 나를 키운 건 팔 할이 바람이다.
세상은 가도 가도 부끄럽기만 하더라.
어떤 이는 내 눈에서 죄인을 읽고 가고
어떤 이는 내 입에서 천치를 읽고 가나
나는 아무것도 뉘우치진 않을란다.
찬란히 틔어오는 어느 아침에도
이마 위에 얹힌 시의 이슬에는
몇 방울의 피가 언제나 섞여 있어

볕이거나 그늘이거나 혓바닥 늘어뜨린

병든 수캐 마냥 헐덕거리며 나는 왔다.

서정주의 자화상에서 화자는 지나온 세월을 돌아보며 자아를
알아간다. 자신의 삶을 회고하며 자신을 키운 건 팔 할의 바람이었
다고 고백한다. 그래도 바람같이 떠돈 삶을 후회하지 않는다. 삶의
처지에 매몰되지 않고 스스로 헤쳐 나가며 성장하는 삶의 정신을
배우게 되었다.

책방 부부는 "문을 열고 구경하려 오면 좋겠다. 우연히 들린 곳
은 인연이 되고 시를 통해 스며들고 환대하는 따뜻함을 가져갔으
면 좋겠다."고 말한다.

부부의 책방은 삶의 놀이터이자, 사회봉사의 터전이다. 책은 지
식을 올바르게 사고하고 생각을 가지는 정신이 있다. 그 속에서 우
리는 아름다운 세상을 꿈꾸고 더 나은 마음의 양식을 채워가는 것
들이 삶의 인문학이 필요하고 책방이 필요한 이유이다.

"나는 지금 출발을 앞둔 기차 객실에 앉아 있다. 내일부터 본격적으
로 문을 여는 객실, '책방이듬'이다. '시나 쓰지, 뭐 하러 책방을 해?'
우려 섞인 이야기도 들었다. 이곳에서의 평범한 나날 속 내 심장을
쿵쿵거리게 하는 것은 책방을 찾는 유명 작가들과의 대면이 아니라
'평범한 이웃들과의 사소한 마주침'이다. 학창 시절 문학소녀였던

세탁소 아주머니부터 직장에 묶여 책방에 오지 못하는 약사, 이별하고 괴로워하는 청년까지. 나는 이 공간이 그들에게 '심리적인 기차역'이나 '객실'이 되었으면 좋겠다."

– 김이듬 산문집 《안녕, 나의 작은 테이블이여》 중 –

5

새로운 사람을 만나는 열린 문, '쓰는 책방'

요즘 자신의 이름으로 된 책을 내고자 하는 사람들이 많아지면서 책 쓰기, 글쓰기에 대한 관심이 높다. 책을 통해 자신을 알리고 자신만의 이야기가 때로는 누군가에게 위안을 주거나 희망을 주기 때문에 매력이 있는 일이다. 글을 쓰고 나면 명확하게 글로 묘사한 순간들이 나 자신의 자존감을 높여줄 뿐만 아니라 나를 들여다보는 또 하나의 기록이 되기도 한다. '쓰는 책방'을 운영하는 손상민 대표를 만나 그녀의 삶과 책방 얘기를 들어봤다.

창원 사파동 비음로에는 꽃길 마을이 있다. 집집마다 예쁜 꽃들이 동네 골목을 계절마다 색다른 향기로 풍겼다. 그 길모퉁이에 '쓰는 책방'의 공간이 2021년 6월 문을 열어 찾아가 보았다. 지역 출판사인 〈나무와 바다〉를 운영하고 있는 손상민 대표는 신춘문예 희곡 《잃어버린 계절》로 등단한 작가다. 책방 한 켠에 마련된 손 작가의 작업 공간이자, 일반인 대상으로 글쓰기의 영감을 주거나 책 쓰기 코칭을 진행하며 워크숍의 공간으로도 활용된다. 출판의 기회를 제공하여 늘 가능성을 열어두는 곳이다. 책방은 손 대표가 출판한 책과 글쓰기, 책 쓰기 관련 도서가 디스플레이 공간을 차지하고 있었다. 아직은 준비단계지만 쓰기 공간에서 누구나 작가로 되어가는 인연, 열린 문의 공간이 되었으면 좋겠다고 했다.

손 대표는 대학에서 사회학을 전공했다. 기자가 되고 싶어 3년 동안 대학신문사에서 활동했고 졸업 후 언론 고시를 준비하다 영업사원의 길을 걷기도 했다. 이어 방송 기자직에 합격해 잠시 활동하기도 했지만 막상 시작한 기자 생활에 회의감을 느껴 곧 그만두고는 창원으로 왔다.

창원의 작은 공연단체에서 비로소 스스로를 돌아보게 됐다는 그녀는 공연단체와의 인연을 통해 가무악극 대본을 시작하면서 희곡, 시나리오에 관심을 가지게 됐다.

이후 신춘문예 당선, 뮤지컬 〈창수책방〉, 뮤지컬 〈광복군 아리랑〉 경남 스토리 공모전 당선 등으로 글쓰기에 자신감을 얻었다.

글쓰기에 대한 관심은 동화책으로 확장되어 《아홉 살에 처음 만나는 유관순》, 《휘리릭 4 문장 글쓰기》 등 동화 작가로도 이름이 알려져 있다.

2017년부터는 직접 출판사를 차려 자신과 다른 작가들의 책을 출간해 오고 있다. 《인공지능시대 우리 아이 뭐 먹고 살지?》, 《나를 토닥여준 영화 속 그 한 마디》 등 어느새 6권의 책을 출판했고, 올해는 경남 문화예술 진흥원의 '2021 출판활성화지원사업'에 선정돼 〈백마 탄 여장군 김명시〉의 출간을 앞두고 있기도 하다.

'쓰는 책방'은 우울감에 사로잡혀 있을 때, 글을 쓰고 독립된 삶을 살 때 큰 힘을 얻은 것이 계기가 되어 만들게 됐다. 책을 함께 읽고 함께 책을 쓰는 공간을 만들겠다는 꿈을 실현해보고 싶은 마음이 컸다.

요즘 손 대표의 하루 일과는 두 아이의 엄마로, 전업 작가로 바쁜 일상을 보낸다. 집과 책방을 오가며 틈틈이 원고를 작성하고 청소년, 성인을 대상으로 한 글쓰기, 책 쓰기 수업도 예정돼 있다. 일주일 한두 번 씨네아트 리좀을 방문해 웹진을 만드는 작업까지 병행하는 지금, 그야말로 눈코 뜰 새 없이 바쁘다고 해도 과언이 아니다.

여름에는 '쓰는 책방'에서 자서전 쓰기 프로젝트가 진행되어 있고 하나의 주제나 기획을 가지고 여러 명이 함께 책을 쓰는 공저 모임도 구상 중에 있다.

손 대표는 "앞으로 쓰는 책방에서 많은 지역 작가들의 책이 나왔으면 좋겠다."며 "다양하고 개성 있는 목소리가 저마다 자신의 이야기를 만들어가는 공간이 되기를 바란다."라고 전했다.

손 대표는 글쓰기 워크숍에서 자주 인용하는 책 한 권을 추천했다. 20대 노동자가 섭씨 1600도가 넘는 쇳물이 담긴 용광로에 빠져 흔적도 없이 사망한 기사에 달린 댓글 시인 제페토의 시집《그 쇳물 쓰지 마라》다. 그는 이 책이 주목받지 못한 작은 것들의 아픔과 또 소외된 이들의 고독을 향한 따뜻한 작가의 시선이 곳곳에 묻어나는 시집으로 큰 울림을 전해준다고 추천 이유를 덧붙였다.

읽고 쓰는 삶으로 살아간다는 것은 그 무엇보다 나를 만나고 새로운 깊이를 들여다 볼 수 있는 우리의 진솔한 삶의 이야기가 있다는 것이다. 여백의 공간이 차곡차곡 채워가는 바라는 마음이 있다.

6

나와 우리의 쉼을 채울 책방, '19호실'

어릴 적 책을 읽으며 보낸 시간의 기억은 마을회관이다. 허름한 마을회관에 전집류의 책들이 전부였지만 그곳에는 친구와 숨바꼭질하기에도 먼지 쌓인 곳에서 책을 읽거나 비밀 이야기하는 장소라 더없이 좋은 공간으로 기억되었다.

그런 공간의 기억들을 지금은 동네의 책방이 담아내고 있었다. 책방은 소소한 곳이지만 그곳을 들여다보면 색다른 발견의 장소이자 나를 알아가는 위로의 공간으로 느껴진다. 많은 시간이 흘렀지만 어릴 적 추억의 공간에서 때로는 삶의 책을 접할 수 있었고 그 장소를 좋아한다는 것만으로 일상의 성장에 보탬이 되었다.

오늘도 나를 알아가는 공간을 찾아 나섰다. 창원시 사림동 어느 주택가 골목, 따뜻한 햇살 아래 낯선 고양이가 잠시 쉬어가고 매화 꽃은 창가에 앉아 봄을 알리고 있었다.

밋밋한 벽 사이로 노란 간판이 보인다. 그러나 밤의 불빛은 은은하게 빛을 발해 책방을 밝힌다. 박지현 책방지기가 운영하는 책방 19호실이다.

밖은 차가웠지만 안은 따뜻하고 선명한 색감과 온기에 개인 안방에 온 듯하다. 6~7평 남짓한 작은 책방이지만 지현 씨만의 문학과 시, 여성 관련 책들이 빼곡히 채워졌다. 곳곳에 그녀의 책을 소개하는 꼬리표가 찾는 손님들의 시선을 훔친다.

벽에 걸린 그림 한 장이 책방과 잘 어울린다. 미국 사실주의 화가 앤드루 와이어스의 〈크리스티나의 세계〉라는 작품으로, 지현 씨가 《사랑의 잔상들》이라는 책을 읽고 그림이 마음에 와 닿아 프린팅 하여 걸어 놓았다고. 작품은 고통만이 아니라 부서질 수 없는 인간성, 그 어떤 아름다움을 엿보았던 것 같다고 설명해 놓았다.

2021년 1월 중순에 문을 연 지현 씨의 삶과 책방의 인연을 들어보았다. 결혼 전 국어교사로 근무하면서 시, 소설 등의 문학을 좋아했었고 결혼 후에도 독서클럽을 9년 정도 활동했을 만큼 정체되어 있는 시간에 대부분 책을 읽거나 책과 함께 이야기를 나누는 활동을 꾸준히 하며 자연스럽게 책을 읽는 공간을 그려냈다. 학교 선배가 운영하는 비건(Vegan) 베이커리와 책을 겸한 〈고스란히〉라는 책방에서 책방지기의 일상을 들여다보면서 꾸준히 자기가 좋아하는 일과 여유 그 안의 독립된 삶이 잠시나마 부러웠다고 한다. 그렇게 공간을 내고자 3년 전쯤 여러 곳을 돌아다니다 사림동 주택가 골목의 분위기가 좋아 우연히 아이의 줄넘기를 사기 위해 들린 지금의 소품 가게가 인연이 되었다.

점포를 접고 싶다는 가게 주인의 말이 지현 씨의 바람과 맞아 자연히 계약으로 이어졌고, 하루는 페인트, 다음날은 조명, 인테리어 등 이렇게 책방이 꾸려지게 되었다.

'책방 19호실'은 도리스 레싱의 단편소설 《19호실로 가다》에서 빌려온 이름이다. 버지아 울프의 '자기만의 방'에서도 비슷한 모티브의 공간이 있지만. 주인공 수전이 자주 가는 호텔 방 번호로 그저 몇 시간 동안 온전히 자기만의 공간에서 숨을 쉰다. 지현 씨도 그런 개인적인 취향, 자아의 공간이 필요했었다. 책방 19호실은 나를 단단하게 해주는 '혼자'인 공간이자, 용기 내서 세상으로 나아갈 '모두'의 공간이다. 책방에 오시는 분들도 그러했으면 하는 마음이 내포됐다.

"저의 개인적인 공간이면서 공간이 필요한 사람이 나처럼 이곳에서 편안하게 찾아와 책을 즐겨 읽고 갔으면 좋겠어요."라고 했다. 지현 씨는 부담스럽지 않은 선에서 뜻이 맞는 몇 분과 오프라인 독서 모임을 준비하고 있으며 글쓰기 모임은 6~8회 정도로 구성하여 한 번 해 보고 싶다고.

지현 씨 일상은 아이들을 챙기고 나서야 문을 연다. 빛이 잘 드는 주택가 담벼락에 화분을 옮기고 카페트 청소를 한다. 좋아하는 노래를 틀고 SNS에 "나 문 열었어요.", "책 왔어요." 등 인사를 끝내고 나를 위한 책을 읽는다. 중간중간 손님을 맞이하고 책을 추천하는 단조로운 일상이지만 그녀만의 취향이자 행복한 삶을 즐기는 루틴이라 생각되었다.

책 한 권을 소개받았다. 조이스 박의 《내가 사랑한 시옷들》이다. 죽기 전에 읽어야 할 세계의 명시 30편을 '사랑', '사람' 그리고 '시'라는 '시옷'들로 담았다. 단순히 시만 소개하는 것이 아니라 시를 쓴 시인의 생애와 작품 배경, 그 시에서 배울 수 있는 영어 표현까지 정리해서 알려준다. 시 하나하나를 꼼꼼하게 들여다본다는 것은 번역자의 태도가 잘 전달되고, 마음의 빈 공간이 채워진 든든함이 있으며 특히 영시를 처음 접하는 사람에게 좋은 책이라고 소개했다.

지현 씨는 "주변의 동네 책방은 많다. 하지만 책방 19호실은 선의와 줄 것이 있는 시그니처를 만들고 싶은 것이 지금의 목표이며 욕심으로 내재돼 있다."라고 밝혔다.

나에게 책방이란? 19호실이다. 오롯이 책방지기의 삶을 통한 자유로움의 공간이기 때문이다.

7

책방 '당신의 글자들', 공간의 꿈

연일 계속되는 장마와 코로나19로 인해 집에 있는 시간이 많아졌다. 계획했던 휴가도 취소하고, 밖에 나갈 엄두도 내지 못할 지경이다.

어릴 적 시골에서는 긴 여름철 장마에 배추전이 최고의 주전부리였다. 배추전과 함께 인기 만화를 보면 지루함을 달랬다. 지금은 온라인 환경이 좋아져 집에서도 즐길 거리가 많아졌다.

하지만 책을 읽거나 동네 도서관이나 책방에 가는 사람들이 많지 않아 안타깝다. 책문화를 꾀하는 것은 그곳에 문을 열고 몸을 기대고 잠시 따뜻한 온기를 느끼고 공기를 마시는 것들의 행위 자체가 책들에 대한 예의다.

양산시 평산동 경보 그린타워 상가 1층에는 2020년 7월 4일에 '당신의 글자들' 마을 속 서점이 문을 열었다. 처음 이곳을 방문했을 때 15평의 공간에 대한 호기심을 불러 모았다.

창 틈에 비친 공간의 이야기가 궁금했다. "어느 날 문득 찾아온 손 내밀어 준 마음속 당신의 글자들"이 오늘 책방 주인과 나, 그리고 책의 향기를 뿜었다.

이동헌 대표는 KT에서 20년 동안 근무하면서 틈틈이 좋아하는 책을 읽었다. 직업을 바꾸지 않으면 삶이 바뀌기 않기 때문에 직업을 바꾸고자 큰 결심을 했었다.

처음에는 부산에서 5년 동안 게스트하우스 겸 북 스테이를 했는데 기대만큼 쉽지 않았다. 오는 손님과 함께 책과 인생 이야기도 나누는 그런 공간이길 바랐으나 현실은 다르게 흘러갔었다. 늘 마음속에는 책방이 자리 잡고 있었다. 전국의 책방을 돌아다니며 생각을 정리했고 실천에 옮겼다.

아내와 딸이 든든한 지원군이 되어 주었다. 처제의 권유로 양산 덕계 평산동에 자리를 잡을 수 있었다. 이 마을은 특히 마을공동체 '평화를 잇는 사람들'이 있어 인문학, 기후변화, 마을운동, 교육, 마을 방송국 등의 역할을 서점과 함께하면 시너지 효과가 배가 될 것이라고 판단하여 이곳으로 옮기게 된 계기가 되었다.

서점을 열기 전 2020년 6월 11일 저녁 7시 카페 이음에서 서점을 알리고자 마을 설명회를 가졌다.

'당신의 글자들'의 의미는 "자기 마음속에는 각자 자기만의 글자를 품고 살아간다. 책 속의 글자 중에 당신 각자가 손 내밀어 준 마음속 글자를 함께 나누고 찾아가는 곳"이 바로 마을 속 서점이다. 이 대표의 글자는 〈꿈〉이라 했다.

서점은 주인 취향에 맞는 책방이 아니라 마을 주민들을 위한 관심사로 책을 구입하고 마을의 이야기로 녹아들어 갈 수 있도록 동네 사랑방처럼 꾸려갈 것이라 한다.

창은 훤히 보이도록 그림도, 무늬도, 색깔도 넣지 않았고 간판은 불을 밝혀 세상살이에 지친 분들은 그 불빛을 따라 책방 문을 열고 들어오면 좋겠다고. 한 켠에는 커피를 내려 마실 공간을 두었고 독립출판물과 일반도서 900여 권의 서가에 꽂힌 책들은 당신의 글자들로 찾아가는 책방지기의 마음이 담겼다.

마을 서점에는 아주 특별한 신문 〈밝은덕 코로나 신문〉이 입고되었다. 덕계에 자리한 중등 대안학교 밝은덕 중학교 학생들이 직접 취재하고 뛰어서 만든 코로나19를 살아가는 세상 이야기가 가득 실렸다.

마을에서 기증한 책들은 특별했다. 한 번 읽었다고 책의 가치가 덜하지 않기에 새책과 중고책이 함께 진열되었다는 것. 대안학교에 근무하는 유진쌤은 200여 권의 추천 동화책을 기증할 정도로 그의 서가에는 따뜻한 마음이 느껴졌다.

기부된 중고책은 판매될 시 판매가의 50%를 환급해 주고 있으며 판매가의 10%는 평화를 잇는 사람들의 교육 문화활동 사업에 기부된다.

책의 큐레이션은 책방지기가 직접 읽고 주제별로 책을 분류하여 매대에 소개하고 있다. 현재 핫한 재난 그 후의 태도들, 가족의 모습, 전쟁과 여성, 기본소득, 일하는 여성, 노동 인권 관련 책들이 마음을 사로잡는다. 인스타그램에도 신간 입고와 책방 소식을 알리고 있다.

"이곳 평산동은 문화적 시설이 없어요, 아이들이 방과 후에 우리 책방에 자주 들러 동네 도서관처럼 자연스럽게 읽고 가는 모습에 흐뭇해요." "앞으로 책을 읽고 주제에 맞는 영화를 보는 독서모임을 꾸려가며 여건이 되면 1인 출판사를 만들어 마을 분들의 이야기를 담은 책을 내고 싶어요."라고 했다.

이 대표에게 책 한 권을 추천받았다. 제임스 볼드윈의 《빌 스트리트가 말할 수 있다면》은 1970년대 미국, 인종 차별로 인한 고통과 분노가 깔려 있는 시간과 공간을 배경으로, 폭력적이고 차별적이고 부당한 처벌을 받는 한 연인의 이야기가 담긴 장편소설이다. 책을 읽고 관련 영화를 보면 최근 미국 흑인 폭동 사태와 맞물려 문제의식을 더 깊게 파고들어 갈 수 있다며 추천한 이유를 설명했다.

이 대표는 "앞으로 꾸준히 책을 읽고 공부하여 좋을 책을 구입할 것이며 마을 주민들이 많이 올 수 있도록 편안하게 들락날락하는 공간으로 만들어 갈 것이다. 독서모임도 활성화하여 능동적이고 역동적으로 움직이는 책방으로 나아갈 것입니다."라고 밝혔다.

8

평화, 생태, 예술이 공존하는 '청보리 책방'

토마스 린치의 《살갗 아래》 책에서 폐의 의미를 "일상의 고됨을 내뱉고 아름다움을 채우는 일"이라 했다. 책방도 그런 의미에서 몸의 기능 중 폐의 의미에 가깝다. 맑은 폐로 숨 쉬는 곳이 책방이겠다.

인연인가? 필연인가? 끌림인가? 책방으로 떠난 소소한 여행은 그렇게 5년이 넘었다. 그것도 경남의 책방에서 나름 책방지기의 뚜렷한 공간 이야기는 곳곳의 책 문화가 흐르는 향기를 뿌렸다. 작은 기억의 편린들이 스친다. 그런 향기로움을 오늘도 찾아가 보았다.

창원 가로수길의 메타세쿼이아가 힘차게 뻗어 진한 초록의 푸르름을 더했다. 그늘이 만든 산책길에서 다정하게 걸어가는 여인들이 마냥 부럽기만 하다.

그 가로수길이 끝나는 지점에 청보리 책방이 있다. 향긋하고 싱그러운 식물들이 먼저 눈에 들어온다. 요즘 핫한 카페에 온 듯한 온화함이 입구부터 풍겼다.

"일상을 아름답게 여유로이" #책, 음악, 차, 어울림이라는 문구를 보면 알 수 있듯이 책방이라는 느낌을 주었다. 꼬마 평화 도서관, 뮤직 파라디소, 지혜 마실 협동조합이 적힌 곳이라 궁금함을 키웠다. 아마도 이곳의 상징과 같은 의미겠다는 단정 지어 보았다.

넓지 않았지만 책방과 도서관, 카페가 공존한다는 것이 특이한 점이었다.

잔잔한 클래식 음악이 흘러나오는 책방에는 평화, 생태, 예술 관련 주제의 도서가 진열돼 있었다. 여기에 약간의 건축과 독서, 인문학, 감정 관련 등 일상에 소중한 것들의 책이 채워졌다.

책 구입은 책방 주인이 좋아하는 보리, 샘터, 녹색평론 출판사에 나온 책들을 먼저 구입하는 것이 이 책방만의 가진 책 구입의 특권이다.

정기적으로 보는 간행물도 눈에 띈다. 녹색평론, 행복이 가득한 집, 샘터 등은 우리가 살아가는 다양한 메시지를 전달하기에 책방지기는 늘 공부하는 마음으로 꾸준히 보고 있는 것 같다.

평화 도서관에도 작지만 "평화"와 관련된 성인 도서부터 그림책들이 알차게 비치돼 있었다. 책은 주인장이 소장한 것 외에 친구나 지인, 평화 도서관에서 기증한 도서로 담겼다. 소소한 일상을 나누고 아름다움을 발견하고 삶의 여유로움을 찾는 사람들이 모이는 공간이다. 도서관의 책은 무료로 대출하며 대출 기간은 딱히 정해지지 않았다. 혼자만의 시간을 즐길 수 있는 소박한 공간도 좋았다. 비 오는 날에는 그 분위기가 더욱 좋아 취할 정도라고 한다. 주인장의 취향의 LP판, CD 등이 놓여 클래식 음악을 감상할 수 있는 공간도 돋보인다. 우연히 책방이 만들어지지는 않았다.

최미숙 대표는 책이 좋아서 출판사에서 몇 년간 일했고 마을 도서관과 자녀가 다니는 학교 도서관에서 12년 넘게 봉사했었다. 인문학 협동조합, 지혜 마실 협동조합 등 우애의 경제학, 나눔의 박애 정신으로 빚은 시민운동 활동가 참여로 오랜 세월 다져 있었다.

꼬마 평화 도서관의 살림살이를 꾸준히 실어 평화 풀씨 뿌리기에 앞장서고 있는 잡지 〈개똥이네 놀이터〉의 열혈 독자로 평화라는 말이 너무 좋아 내 마음속에 늘 도서관이 자리 잡고 있었다고 한다. 관장이면서 책방지기, 바이올리니스트 어느 명함 섣불리 할 수 없는 최 대표의 직책이다. 꼬마 평화 도서관은 2019년 12월 21일 36번째로 책방에 둥지를 틀었다.

최 대표와 보리출판사는 떼어야 뗄 수 없는 관계다. 책방 이름도 여기서 모토가 되었다. 《개똥이네 놀이터》와 《개똥이네 집》 우리 아이들이 어려서부터 보고 자란 달팽이 동화, 젊은 제 지침이 되어 준 헬렌 니어링의 《아름다운 삶, 사랑 그리고 마무리》등 보리출판사에서 만든 책에서 영감을 받았다.

　청보리 중 어린 보리는 편안하고 기특한 작물이다. 이런 아이처럼 키우고 싶은 마음에서 책방 이름을 지었죠 "늦가을 파종되어 추울 때 싹을 틔우는 '기특한 보리', 혹독한 추위를 이기고 어김없이 풍성한 수확의 기쁨을 안겨 주지요."
　최 대표는 요즘 관심 있는 주제로 컬러링과 클래식 감상으로 책과 연결하는 일이다. 몸의 감각을 동원해 책에서 배우고 내 안의 숨은 꿈을 찾아가는 드림캐처 컬러링, 소리, 색깔, 필사로 통한 본인만의 컬러로 칠하다 보면 마음을 읽고 치유하는 공간으로 만들고 싶다고 했다.

　"대학생도 찾아오고 교사 몇 분도 찾아와 큰 서점보다 책은 많지 않지만 관심 있는 주제의 책들을 보니 반가웠다는 반응이 많았어요. 어떤 분은 책 놀이터라고 표현해 놀라웠고 그중 몇 분들과 인연이 되어 책모임을 하고 있어 좋아요."

　책 모임도 꾸준히 운영하고 있었다. 녹색 평론 선집 공독은 7명이 지속적으로 격주로 하고 있으며 6월에는 책으로 컬러링, 그림책 속 세상 보기 책 모임을 모집하고 있다.
　〈영화와 함께하는 클래식 이야기〉 강좌도 6월에 심광도 뮤직 파라디소 대표를 모시고 진행할 예정이다. 2020년 5월 30일에는 변택주 시인이 찾아와 법정 스님 눈길, 숨결이라는 책의 주제로 북콘서트도 열었다.

최 대표에게 책 한 권을 소개받았다. 줄리 포인터 애덤스의 《와비사비 라이프》 책이다.

부족한 듯 모자란 것이 주는 행복. 촌스럽고 올드하게 느껴질 수는 있어도, 낡은 것에서 아름다움을 느끼는 '와비사비'의 삶의 자세를 통해 작금의 현실에서 지친 이들의 삶에 답을 줄 수 있을지도 모르기에 추천한다고 했다.

"1년은 욕심 없이 하고 싶어요. 시민의 맑은 폐처럼 숨 쉴 수 있는 공간으로, 다양한 사람들이 와서 책을 통하여 채우고 갔으며 좋겠어요."

3개의 공간이 공존하는 책방이라 처음에는 신기했지만 들여다보니 주인장의 삶이 녹아있는 곳이었다. 책방은 창원의 가로수길 어느 주택의 골목(남산교회 근처)에서 1년 내내 청보리가 넘실대면 손님을 기다리고 있다.

9

'동아서점', 62년 오롯이 밀양의 책 향기를 뿌리다

한마을에서의 서점은 어떤 의미일까?

서점은 궁핍했던 삶을 지식으로 채워주지 못했지만 나름의 마음적 양식을 담아주기에 독자가 있었고 아직도 그 발걸음에 멈추지 않는 이유가 있기 때문이다.

밀양초등학교 입구에서 60년 세월 동안 늘 한결같이 시민들의 책 향기를 뿌리고 있는 '동아서점'을 찾아 그 매력의 진면목을 들여다보았다.

1대 신상수(아버지)씨가 동아서점을 세웠다. 1950년 한국전쟁 이후 먹고살기 힘든 시절에 우연하게 교학사 사장의 권유로 책을 팔기 시작했다. 처음에는 자전거로 책을 팔았고 두 번째로 오토바이로, 그렇게 돈을 모아 1958년 삼문동 밀양초등학교에서 서점 건물을 지을 수 있었다.

2대 신문섭(형)이 서점을 운영하다가 1993년 3대 신관섭 대표가 물려받아 현재까지 운영하고 있다. 신 대표는 10년 동안 성학을 배우기 위해 독일 유학을 다녀왔지만 귀국 후 한국경제와 여러 가지 어려움이 맞물려 형의 권유로 서점의 길로 들어서게 되었다. 힘든 일들이 많았지만 지금의 서점을 반듯하게 유지하며 한 길을 걷고 있었다.

삼문동에서 서점을 시작했지만 세월에 의해 도심이 슬럼화 되고 공간도 좁고 건물도 노후화되었고 서점은 겨우 유지할 수 있을 정도였다. 서울, 속초 등 잘 된 서점을 벤치마킹하여 60년의 아쉬움을 정리하고 2018년 10월에 미리벌 중앙로로 자리를 옮겼다.

서점은 2층에 위치하고 있지만 입구부터 색다르다. "일상에 책의 향기를 더하다."라는 문구가 있고 계단으로 오르는 곳에도 책을 놓았다. 서점이라는 것을 알리고자 고민한 흔적이 돋보인다.

주로 문제집이 있었지만 '청소년' '과학' 관련 추천도서가 진열돼 중고등학생들을 위한 배려의 차원이겠다고 생각된다.

40평이 넘는 책방의 공간에 들어서면 조명등이 책 사이를 은은하게 비추어 주었다. 공간 공간마다 독자층에 맞게 배열돼 있었고 인문, 경제, 요리, 역사, 자기 계발, 고전 등 주제별로 잘 정리된 벽면 서가는 쉽게 접근이 가능하도록 했다.

한국소설, 일본 소설, 서양 소설로 분류된 책장은 소설을 좋아하는 독자가 이용을 접근하게 쉽도록 배열해 놓았다. 은은한 불빛이 책 제목을 선명하게 보이더니 손이 절로 내가 좋아하는 책으로 향해 간다. 서점은 목적이 있어도 가지만 우연히 들러 우연한 책을 발견하면 가슴 뛰는 일들이 더 많아질 것이다. 혹시, 지금 동네 커피가게에 머물고 있다면 동네 책방으로 향해 멋진 가슴 뛰는 삶의 선물을 담아보면 어떨까요?

밀양의 향토작가의 책장은 지역 작가 책도 홍보하고 밀양도 알리는 서로 윈윈 되는 좋은 북큐레이션의 사례라 할 수 있다.

《밀양 큰 할매》(김규정), 《끝나지 않는 그들의 노래》(최필숙), 《밀양을 살다》(밀양구술프로젝트), 《밀양 사람 김원봉이오》(김하늘), 《개구리랑 같이 학교로 갔다》(이승희), 《바늘귀를 꿰며》(안복수) 등이 가지런히 놓여있다.

잠시 포근한 의자에 앉아 접하지 않는 새로운 책들을 음미하면서 색다른 책 여행을 떠나보면 좋을 듯싶다.

창가와 서가 사이 의자를 두어 책 읽을 공간도 마련해 두었다. 책 읽을 공간에 대한 최소한의 배려 차원이라 이런 공간을 좋아하는 독자들이 '동아서점'을 잊지 않고 찾아오는 끌림이 있다.

인터넷의 정보는 가볍게 느껴지지만 책은 세월이 지나도 그 무게와 가치는 변함이 없다.

다양한 뇌의 움직임은 사물을 바라보는 관점과 물질, 감성, 인문학적으로 해석할 수 있고 책을 늘 접하면 좋은 사고 의식이 자라나기 때문이다.

일본을 대표하는 소설가이자 베스트셀러 작가인 히가시노 게이고는 미스터리 추리 소설가로 알려져 있다. 그의 작품을 책장 한 코너에서 만날 수 있어 히가시노 게이고를 좋아하는 독자를 위한 배려 차원이다.《10주기 특별한 노무현 전집》등은 '동아서점'만의 특별한 공간으로 신 대표의 자랑거리다. 특히, 구석진 서가 한 공간에 젊은 층과 학생들에게 인기 있는 웹툰 만화책이 시리즈별로 진열되어 있다.

신 대표는 어릴 적 읽었던《시관이와 병관이의 모험》을 아직도 기억하고 있다고 한다. "세계 여행하면서 도움을 주었고 나에게 단순히 흥미나 지식을 전달하는 수준에서 벗어나 인문학적으로 성장하는데 많은 도움을 주었다고" 했다.

신 대표는 "1층으로 오르는 계단을 활용해 서점을 홍보할 수 있는 방안을 마련하고 2층 창가는 자연스럽게 책 읽는 아담한 공간으로 꾸미고 지역과 협업하는 복합 문화공간도 고려해 볼 계획이라고"

인터뷰하면서 서점에 대한 열정은 끝이 보이지 않았다. 책을 파는 곳에 벗어나 그 지역의 문화를 파는 서점은 독자에게 늘 기억되고 오래 그 향기가 채워지라는 것은 당연한 이치일지 모른다.

10

고양이 그림책 작가의
독립 책방, '고양이 회관'

어릴 적 시골에는 제법 길고양이가 많았다. 고양이는 은근슬쩍 헛간에 자리를 잡았고 알 수 없는 동거는 이사 가기 전까지 이어졌다. 어느 때는 햇살 좋은 마당에서 뒹굴고 어느 때는 방에 들어와 애교를 부렸다. 그 와중에 묘한 감정이 생겼고 한 식구라는 의미를 그때 알았다.

고양이의 연을 '묘연'이라 하는데 '묘연'이 된다는 것은 기다리며 관계의 속도를 늦추거나 맞춰주는 것. 한 걸음 한 걸음 행동하나 말하나 눈빛 하나에도 깊이 들여다보는 것들이 익숙하고도 낯선 세계에 함께 내딛는 것을 알았다. 결국 사람의 관계보다 어렵다는 사실에 현재는 거리를 두고 바라보기만 했다.

고양이라는 책방 공간도 사실 호기심 반, 설렘 반으로 길을 나선 곳이다. 귀엽고 앙증맞은 고양이와 거리를 유지하데 알아간다는 것의 사실 자체만이라도 기대에 차 있었다.

잔잔하게 흐르는 한적한 바닷가가 아름다움을 품은 통영의 용남면 대안마을에 독립 책방이 들어섰다. 통영에서 나고 자란 김미진 대표(작가)는 고양이를 좋아하여 책을 읽고 그림을 그렸고 그 작은 이야기들이 모여 오래된 마을회관을 리모델링하여 '고양이 회관'을 열었다.

마을 표지석을 지나면 노랗게 물든 은행나무가 멋스럽다. 작은 정자는 마을 어르신의 만남과 사랑방 같은 공간이다. 아담한 마을은 입구부터 따사롭다. 은행잎이 떨어지는 날 책방은 오후의 햇살처럼 만큼 향기로웠다. 이 마을의 터줏대감 고양이인 '회관이'는 이방인을 반겼고 나머지 길고양이 친구들은 마실 갔다. '회관이'는 동네에서 인기가 많은 친구다. 반려묘 '모리'는 오후의 한때를 어떻게 보낼까?

'고양이 회관'의 빨간 벽돌과 노란 문의 조화가 인상적이다. 동네 고양이 집도 한편에 마련됐다. 마을회관이 어떻게 책방으로 꾸며졌는지 궁금했다. 1층은 책방, 2층은 미진 씨의 작업실 공간이다. 책방은 따뜻했다. 창가에 비친 햇살과 조명이 주는 아늑함이 편안함을 주었다. 책방 공간은 미진 씨가 직접 만들거나 수집한 고양이를 소재로 한 아기자기한 굿즈와 고양이 관련 책들로 가득 채웠다. 특히 친환경 생분해 화분에 키워보는 바질 씨앗도 있었다.

고양이를 사랑하는 마음이 모였다. 미진 씨는 디자인과 굿즈와 함께 원데이 클래스를 활동하며 고양이 그림책을 집필하고 있다.

미진 씨의 책방은 좋아하는 '고양이' 매개로 책과 이웃, 동물과 자연, 삶이 이어주는 책방으로 그저 자연스러움이 만남이 되고 삶의 이야기가 되었다.

미진 씨는 어릴 적부터 책을 좋아했던 아이였다. 학교 도서관이 주는 편안함에 매일 찾아 책을 읽었다. 사서 선생님과는 친할 정도로 추천도서도, 독후감을 챙겨 주셨다. 시험을 끝나면 늘 도서관에 들러 소소한 일탈을 즐겼다. 조용한 나만의 시간을 독점하듯이 서가를 서성이며 우연히 보물 같은 책을 찾았을 때 그 행복감을 오랫동안 잊지 못했다고 한다.

직장을 다닌 후 그림을 그리는 것이 좋았다. 고양이들이 찍어놓은 발자국은 친구가 전하고자 하는 메시지는 무엇인지 늘 궁금했었다. 그린 그림을 친구나 지인들이 칭찬해 주면 너무 행복했었다.

고양이 그림책 작가로 활동하면서 전국의 책방을 찾았다. 서울 성북동 '보냥', 남해 '아마도 책방'(어쩌면 우리나라에서 가장 먼-책방), '밤수지맨드라미', 진주의 '소소 책방' 등 우연히 발견한 것부터 책방 주인장의 진정한 조언을 듣고 할 수 있다는 자신감을 얻었다.

만나는 책방지기마다 한결같이 "책방만으로 버틸 수 없다. 카페와 기념품, 자기만이 잘할 수 있는 특색을 살릴 수 있어야 한다."고

조언했다.

책방은 미진 씨가 태어나고 자란 통영으로 결정했다. 청년이 떠난 고향을 살리고 아름다움을 보여주고 싶은, 알려주고 싶은 마음이 컸다. 직접 설계와 타일, 전기업체를 선정하고 공사를 진행하여 예산을 줄였다. 10월 4일 세계 동물의 날을 맞아 동물을 사랑하고 보호하는 의미와 가치를 더하고자 이날에 책방을 오픈했다. 책방 이름은 '회관이' '고양이 작가' 등 어떤 곳인지 유추할 수 있도록 지었다. 그녀의 열정으로 만든 책방 공간은 다양한 삶의 공간을 그렸고 녹았다.

"고양이들은 안락함을 알아보는 빼어난 감식가들이다."
제임스 헤리엇

앞으로 계획은 편지지나 엽서를 제작하여 '참새 우체국'라는 공간에서 책방 손님에게 느린 편지를 쓰는 아날로그 감성을 자극하도록 담고 싶다고. 또 하나 '책 굽는 고양이' 1인 출판사를 운영하여 사진 책을 만드는 활동을 하고 싶다고 했다.

추천 책으로는 기쿠치 치키가 쓰고 그린 《흰 고양이 검은 고양이》그림책이다. '예쁜 꽃이 이렇게 많은데, 검은 고양이가 제일 눈에 띄네'라고 흰 고양이가 말한 글귀에서 검은 고양이의 존재감을 주변의 꽃들처럼 환하게 피어나고 위축된 검은 고양이의 마음이 서서히 풀리면서 그림책을 읽는 사람의 마음에도 따스한 온기가 전해져요.

타인으로부터 따뜻한 말 한마디의 위로가 때론 큰 힘을 발휘한다는 것을 일깨워주는 그림책이라 오늘날 각박한 세상에 꼭 필요하며 누구나 쉽고 감명 있게 읽을 수 있는 그림책이라고 했다.

미진 씨는 책방이 고양이에게 힐링되고 위로받으며 조금이나마 일상을 일탈했으면 하는 바람이 있었다. 고양이 발자국이 남긴 메시지를 따라 책방지기의 또 다른 하루가 궁금하다. 고양이의 매력에 빠진 날 그날 하루는 포근했다.

11

고즈넉한 '밀당' 책방에서
'책멍' 어때!

산청이라는 곳은 지리산과 맞닿아 있어 마을 사람들의 삶이 사무치고 애절하고 애달프다. 하루하루를 살아가는 낮과 밤의 부지런함으로 서려있는 심성이 지리산과 닮았다. 마을과 마을로 이어지는 길은 편안하다. 단계 마을로 들어서는 초입부터 아늑함이 물씬 풍겼다. 권 씨, 박 씨 등 세도가와 부농이 모여 살았던 곳으로 100년의 역사를 가진 고택이 즐비했다.

젊은 사람들은 떠났지만 조용한 단계 마을에 지극히 소소하지만 귀촌한 부부가 불러일으킨 한옥 책방이 생긴 변화의 바람이 매서웠다.

서울에서 온 강인석, 최명옥 부부는 2022년 5월 16일 고택을 수리하여 소북(카페)과 밀당 책방을 열었다. 산청에 오기 전 남편은 퇴직하여 한옥학교를 다녔고 부인 최명옥 씨는 논술학원을 운영했었다. 부부는 책과 도서관을 좋아했고 책방 투어를 즐겼다. 충북 괴산의 숲속 작은 책방과 전국의 북 스테이를 하면서 책방의 경험을 쌓았다. 은퇴하고 나서 그들의 귀촌 프로젝트가 시작되었다. 공주, 부여를 돌아보며 한옥의 매력에 빠졌으며 살면 좋겠다는 마음을 품었다. 특히 공주 효심 1길 한옥집에 자리 잡은 서점 데시그램 북스&카페 곡물집은 부부의 인상에 깊게 베인 곳이다. 진주문고의 여태훈 대표를 만나 조언도 구했다.

우연히 유튜브로 부동산을 소개하는 프로그램을 보다 경남 산청의 단계 마을 고택이 와닿았다. 겨울이 끝날 무렵 찾아간 고택은 다 쓰러져갔다. 최명옥 씨는 마당에 곱게 핀 단 하나의 핑크 동백을 보면서 눈을 뗄 수 없었다고 그때의 심정을 고백했다. 담장을 허물어온 사람들과의 실랑이는 있었지만 일사천리(一瀉千里)로 계약을 선사시켰다. 그렇게 어려움을 딛고 인연이 닿았다. 마을은 딸기 농사를 주로 짓고 초등학교 전교생은 40명이었다. 초등학교와 고택이 가까워 책을 읽어줄 기대에 부풀었다. 마을은 고즈넉한 돌담길을 따라 한가로이 걷다 보면 시간여행자가 된다.

약 120년 전 부여에 지어진 한옥이 42년 전 산청의 단계 한옥마을로 이축됐고 지금의 고택을 수리했다. 2개월의 과정을 거쳐 한가로이 노닐며 책을 읽는다는 의미의 한옥카페 '소북'과 밀어주고 당겨주는 동네 책방 '밀당'이 들어섰다.

> '서점이 없는 마을은 마을이 아니다.
> 스스로 마을이라 부를 수는 있겠지만
> 영혼까지 속일 수는 없다는 것을 자신도 알 것이다.'
>
> 닐 게이먼(소설가)

기와집과 지붕을 형상화한 로고는 《한글 품은 한옥》 그림책 및 한국화 김도영 작가가 손수 작업했다. 양영란 번역가와 산청 시인 이영자, 그림책 강사 등의 재능기부와 도서를 기증받았다. 마을 사람들로부터 입소문을 낸 덕분에 고택은 시끌벅적해졌다.

고운 색으로 갈아입힌 고택은 정갈하면서도 고즈넉하다. 옛것을 살려 자연스러움이 담겼다.

대문 앞에 분필로 써 놓은 시 한 구절이 나그네를 잠시 발걸음을 멈추게 한다. "그러니까, 인생에는 어떤 의미도 없어. 남은 건 빛을 던지는 것뿐이야" (한강의 시, 〈거울 저편의 겨울 2〉 중)

고택은 안채와 사랑채, 곳간채와 행랑채가 어우러졌다. 사랑채에 작은 책방이 있고 행랑채는 차를 마시거나 숙박을 할 수 있도록 했다. 마당은 넓었고 대청마루 처마엔 길고양이가 놀기에도 안성맞춤이다.

'밀당' 책방은 햇살이 고울 때 안과 밖의 멋스러움이 가득 들어섰다. 눈 오는 날에는 얼마나 좋을지 상상만 해도 좋았다. 아기자기한 소품으로 책방을 꾸몄다.

책은 책방지기가 읽어봤던, 좋았던 문학과 시집이 주를 이뤘고 손님과 책 모임에서 추천한 책과 느낌이 좋은 책을 신간으로 구입했다. 오랫동안 생각해 왔던 첫 문장처럼 의미로 담아 '첫 문장'의 책 모임을 열었다. 30~60대의 다양한 연령층이 참여하여 책을 매개로 즐거움이 넘쳤다. 볕이 좋은 날 100권의 그림책 전시회도 열었다. 책방에 오는 손님 중에 초등학교 4학년 제윤이와의 인연은 소중할 수밖에 없다. 시골마을에 학원도 문화를 누릴 곳도 없다 보니 어린이가 귀하다.

"코코아 한 잔을 주문했는데 돈이 부족했어요. 하지만 우리 부부는 귀한 손님이라 따뜻함을 전했죠" 그 인연으로 책방도 오고 군고구마를 구워 먹으면서 이야기도 나누고 책을 구입하는 과정들이 하루하루 성장했었다. 제윤이는 시를 좋아하고 동화책을 좋아했다. 나태주의 《꽃을 보듯 너를 본다》, 박선화의 《크리스마스 돌아오다》, 《외계인 편의점》을 구입하여 재밌게 읽었다고 전했다. 제윤이처럼 더 많은 어린이들이 책방 공간에서 책 이야기도 나누고 즐기는 미래 독자를 길러내고 싶다며 부부의 작은 바람이 있었다.

책방지기가 추천한 책은 신형철의 《인생의 역사》다. "나는 인생의 육성이라는 게 있다면 그게 곧 시라고 믿고 있다." 시를 이루는

행(行)과 연(聯), 걸어가면서 쌓여가는 일. 우리네 인생이, 삶들의 역사가 그러한 것처럼, 직접 겪은 삶을 시로 받아들이는 일, 그리하여 시를 통해 인생을 살아내는 이야기라 하겠다. 이 책을 통해 현실에 대한 우리의 감각을 일깨워주는 계기가 되고자 추천 이유를 설명했다. 신 작가의 산문집인 《슬픔을 공부하는 슬픔》도 함께 읽기를 권했다.

"밀당 책방에서 책과 함께 숨 쉴 수 있고 편해졌으면 좋겠어요."
"슬픔, 화, 분노를 숨 쉬게 해 주는 공간으로 만들고 싶어요."
"개인적으로는 창작의 단편, 에세이 등을 쓰고 싶고 북 스테이와 다양한 독서 문화행사 등 마을에 작고 큰 책 문화공간으로 꾸며가고 싶은 욕심이 있습니다."

마을 어르신을 들러 이야기를 나누고 아이들은 동화책을 읽고 길고양이의 놀이터가 되었고, 책 모임은 따뜻했다. 귀촌한 부부는 단계 마을에서 문화공간을 꿈꾸는 이토록 평범한 미래를 그려가고 있었다. 부부의 책방은 "삶의 시너지요, 숨이다."

12

책을 통한 나와 이웃과 세상을 연결되는 공간, '동네 책방 연결'

요즘 책방은 책 파는 것을 넘어 책과 사람이 만나는 공간 이상의 역할을 하고 있다. 지구, 동물, 자연, 취미, 삶 등 다양한 색깔이 모인 동네 책방은 자기만의 빛깔이 뚜렷하다.

책방은 사람과 사람이 만나 따뜻한 공간을 만들고 그 공간이 지닌 문화는 일상의 품격을 높인다. 문화가 부족한 지역에 동네 책방은 그야말로 사막에서 오아시스를 만나는 것 같은 기분일 것이다. 오늘 찾아간 곳도 작지만 그 안을 들여다보면 알차고 책 읽는 즐거움이 가득 열렸다.

거제면의 작은 마을 동상리 길모퉁이에 있는 '동네 책방 연결'은 한줄기 빛 같은 존재로 아담하게 자리 잡았다. 뷰가 좋은 옥산 성지가 있어 책방과 함께 찾는 손님이 많아졌다. 봄에는 거제여상 가는 길, 벚꽃터널이 연결되었다. 책방과 벚꽃, 어울리는 풍경이라 봄의 계절은 아름다움의 그 가치로 환상적이겠다.

2021년 12월에 문을 열었다. 찾아간 날 책방에는 몇몇 손님이 책을 읽고 있었다. 엄마와 함께 온 아이의 표정이 밝았다.

입구 중앙에 책방지기가 주기적으로 추천하고 싶은 책을 매대에 전시해 놓았다. 한쪽 벽에는 거제도에서 아이를 키우고 이웃들과 어울려 살면서 보고 느끼고 생각한 것들을 엮어낸 아주 작은 그림책인《그리운 바다》,《세상에서 가장 아름다운 것》,《안녕, 나무》등 여러 권이 전시돼 있다.

거제사람 김민주 씨가 쓰고 그린《안녕, 나무》. 아주 작은 그림책에 애정이 듬뿍, 달콤 쌉쌀한 거제의 맛과 감촉이 담겼다. 거제살이 8년 차, 눈만 돌리면 이름 모를 나무와 풀들, 발을 멈추고 가만히 바라보면 나에게 무언가 말을 거는 듯하다. 유자나무, 비파나무, 무화과나무 외 8종, 그들이 나에게 다정하게 건넸던 말들이 독자에게 서서히 물들어 가기를 바랐다. 하나하나 이름을 불러주고 예쁜 마음씨를 담아냈다. 작은 그림책에 우리가 보지 못한 거제만의 진실함이 엮어 있다는 것에 평범하지 않았다. 그것도 동네 책방과 함께 작업하고 만들어 가는 과정이 왠지 뜻깊다. 구입하지 못하는 아쉬움도 있지만. (feat. 그리는 바다)

벽에 걸린 사연의 예쁜 글과 그림은 아련하다. 이문재의 시《오래된 기도》, 꼬마 책방지기에게 쓴 감사함의 편지글, 아이가 그려 놓은 '책방 공간' 설계도는 앙증맞고도 귀여웠다.

아담한 책방은 1,100여 권의 책과 모임 공간이 분리되어 있었다. 책은 어린이책, 그림책이 주를 이뤘고 청소년, 성인책 등으로 구성되어 있다. 대상별로, 이용자별로, 주제별로 연결하여 찾는 고객의 입맛에 맞게 선별해 놓았다. 책방지기의 노력이 돋보인다.

특히 어린이책은 세밀하고도 비중 있게 다뤘다. "어린이책은 굉장히 깊이가 있고, 같이 나누어 읽고 이야기하기엔 더없이 좋은 책이에요."

레미 쿠르종, 윌리엄 스타이그, 하이타니 겐지로, 아스트리드 린드그렌 등 어린이 작가의 책을 큐레이션 하여 배치해 놓았다. 거제의 스토리가 담긴 책들의 소개도 한곳에 채웠다.

'책, 책방 덕후를 위한 책방과 책의 쓸모에 대한 책들' '좋은 부모' '여행의 책들' '일과 노동, 그리고 삶' '우리를 둘러싼 사회와 세상에 대한 고민과 의문을 다룬 책' '때론 유쾌하고 때론 따뜻하고, 또 때론 철학적이고 진지한 우리가 살아가는 이야기책' 등 각각의 북 큐레이션이 알차다.

거제에 맞닿은 도시, 통영에서 '내성적 싸롱 호심'이라는 문화 살롱을 운영하고 있는 일러스트레이터이자, 작가인 '밥장'님의 추천 책도 있다. "그의 에세이 《은퇴 없는 세상》을 읽어보시면 작가님의 지향하는 삶을 이해할 수 있을 거예요. 나의 삶에 연결할 '영감'을 얻으실 수도 있고요."

책방지기가 책의 사랑을 느낄 수 있는 책 꼬리표는 손글씨로 지극한 정성이 스몄다. 고민한 흔적이 인상적이었다. 손님이 없을 때는 더 바쁠 정도로 책 속의 의미를 파헤쳐 정성을 쏟는다. 작지만 알찬 공간 공간마다 책방지기의 열정이 담긴 볼거리가 다양하여 심심치 않았다.

'동네 책방 연결'을 운영하는 박선아 책방지기는 대학에서 국어국문학과를 졸업하고 대우조선 홍보팀에서 10년의 직장 생활을 하다 육아를 하면서 그만두었다. 그때 아이와 함께 책 읽어주는 시간도 많았고 어린이책에 대한 관심이 많아졌다. "제가 사는 동상리는 학교는 많은데 서점도 변변한 도서관도 없었습니다. 서점도 도서관도 너무 멀어 심리적 거리감이 느낄 정도였으니까요. 누군가 책방을 열어주면 좋겠는데 아무리 기다려도 책방이 생기지 않았습니다. 내가 한번 해보자 무작정 일을 저질렀죠"

그렇게 차근차근 채워가는 책방을 연지 어느새 1년이 지났다. '동네 책방 연결'은 '책을 통해 나와 이웃과 세상과 연결되는 공간'의 의미로 지었다. 처음 의도는 나와 이웃과 세상과 연결이었지만 사람과 사람의 연결, 사람과 책의 연결로 확장하고 있어 만족하고 있다.

이 책방의 가장 큰 특징은 가족이 모여 책 얘기를 나누는 공간이다. 같은 주제로 다른 책을 읽고 그 주제로 같은 이야기를 할 수 있는 어른과 아이 책을 서로에게 소개해 줄 수 있는 페어링(Pairing)이 담겨있다. (*페어링 : '쌍으로 연결하다' '짝을 맞춰주다'라는 의미)

책 모임은 영어원서 낭독 모임, 한 권 깊이 읽기 모임, 어린이책 그림책 모임으로 열어갔다. 모임 회원과의 돈독함의 값어치가 책방을 단단하게 나갈 수 있게 했다. 가끔 전문가를 초청하여 평생학습공동체를 만들어가기도 한다. 최근에 부산대 철학교수를 초청해 《니체의 철학》,《선가귀감》을 들었다. 호응도 괜찮았다.

책방지기는 자본주의 안에서 휘둘리지 않고 살아갈 수 있는 현실적인 삶의 방향을 알려주는 책을 재밌게 읽었다면 박혜윤의《숲 속의 자본주의자》를, 어린이책으로는 아스트리드 린드그렌의 장편동화《사자왕 형제의 모험》을 추천했다.

"《사자왕 형제의 모험》의 책을 처음 읽었을 때의 충격이 아직도 기억납니다. 주인공 소년은 몸이 아프고, 주인공 의지하고 사랑하던 형은 첫 챕터에서 벌써 죽음을 맞이합니다. 아직도 죽음이라는 소재가 금기시되는 동화책의 세계에서 하물며 30여 년 전에는 얼마나 큰 화제와 비판을 맞닥뜨렸을까요? 하지만 그녀는 말합니다. 어린이가 진정 두려워하는 것은 외로움이지요. 사랑하는 사람으로부터 버림받는 것 말입니다. 어린이는 아직 죽음을 무서워하지 않습니다. 홀로 남겨지는 것을 두려워하지요."

어린이를 있는 그대로의 독자로 미화시키지 않고 용기, 살아간다는 것을 전달하는 존경의 의미가 담겨 있어 우리 책방에서 가장 많이 팔린 책이기도 하다. '아스트리드 린드그렌 전작 읽기'에 도전하여 번역가를 초청하여 강연을 듣는 기회도 가질 생각이다.

"우리 마을에도 작지만 동네 책방이 생겨 너무 좋아요. 이야기할 수 있는 작은 공간이 있어 생활이 무미건조하지 않으니까요." 단골 어르신의 말에 아직 동네 책방에서 희망이 있다는 걸 느꼈다.

박선아 책방지기는 "아침이 오면 늘 설레는 길이 있어요 책방에 가는 길은 항상 가볍고 활력이 넘치는 것 같습니다. 오늘은 어떤 책을 사 볼까? 오늘은 어떤 책을 소개해 볼까? 그 기대감에 책과 함께 늘 즐겁게 보내고 있습니다."

앞으로 3년 정도는 책에 집중하면서 함께 읽고 나누고 마을을 가꾸는 그런 따뜻한 공간으로 열어 가고 싶다고 했다. 거제를 사랑하고, 책 읽는 즐거움에 살아가는 것은 그 공간이 아름다움의 이유다. 거제의 거친 파도를 닮는 것처럼 단단하게 실핏줄 같은 연결의 힘은 결국 책과 사람 그리고 공간이다.

13

소 축사를 리모델링한 독특한 매력의 책방, '거제대로 북스'

작은 책방의 매력은 책방지기와 격이 없이 나누는 대화다. 책 이야기도 좋고 살아온 이야기도 좋고 다루는 주제가 다양하다 보니 시간 가는 줄 모른다. 대화의 폭은 넓어지고 이야기의 깊이가 더해질 때도 있다. 어느 소설의 배경에 되었던 곳에 들어갔고 주인공이 되어 사랑에 빠져버리기도 한다. 책방지기는 이야기꾼, 마술사처럼 손님을 책의 세계로 흡입시켜 버렸다. 오늘 찾아간 책방지기도 사람 좋아하고 책 좋아하는 마음이 담겼다.

거제시 사등면 성내마을에서 거제대로를 따라가다 보면 아련한 바닷가의 풍경이 들어왔다. 주택도, 창고도 아닌 도저히 책방이라 믿기 어려울 정도로 찾기가 어려웠다. 그것도 공장이 많은 곳에 위치한 책방은 처음 온 사람들은 놀라움을 금치 못할 것이다. 빨간 지붕이 인상적인 거제대로 북스는 낯설지만 소 축사를 리모델링해 책방으로 꾸몄다. 외형은 그대로이고 내부만 손을 봤다.

등대는 경적을 울리지 않는다. 다만 빛날 뿐이다.

Lighthouses blow no horns; they only shine

D.L.Moody

입구 유리문에는 동네 책방을 드러내는 멋진 문장이 쓰여 있다. 공간도, 책 고르는 느낌이 색다르다. 책방 내부는 목수일 하는 후배의 도움으로 천장이며 벽을 온통 편백나무로 마감했다. 나무의 향이 번져 책방은 온화하다.

이철민 책방지기는 성내마을에서 나고 자란 그야말로 거제 토박이다. 그를 '거제 산증인'이라고도 불렀다.

아버지가 남겨주신 소 축사를 개조했다. 축사를 개조하여 책방을 열겠다는 것 자체가 놀랍고도 독특한 발상이다. 27년을 다니던 은행에서 퇴직했다. "직장을 그만두고 새로운 일에 대한 고민을 많이 했죠. 방치돼 있는 축사가 눈에 띄었고 책방을 하면 좋겠다 싶어 책을 좋아하는 그 하나만의 의욕으로 2020년 7월 책방을 열었습니다."

책방을 열기 전 전국의 여럿 동네 책방을 돌아다녔다. 책 구입 방법부터 운영방법의 노하우를 습득했다. 독립출판물도 그때 매력을 느껴 책방에 들어 놓기 시작했다. 처음 시작하는 마음으로 책의 다양한 감각을 익혔다. 책의 활용도를 고민하면서 서서히 적응해 갔다.

책방 이름은 축사였던 자리라서 '소집책방'으로 생각했었다. 하지만 거제라는 이름이 들어가는 것이 좋겠다 싶었다. 책방이 거제대로와 마주하고 있어 단순하지만 쉽게 와닿는 '거제대로 북스'로 짓게 됐다.

책방의 공간은 책방지기의 취향이 묻어났다. LP판과 CD플레이어는 레트로 감성에 젖히고 손글씨로 적어놓은 짧은 소개글도 눈에 띈다. 책방지기가 읽어왔던 좋지만 살 수 없는 책도 많았다. 한쪽 벽면에 걸린 보면 볼수록 매력적인 책방의 사진은 이지은 화가의 작품이다. 그림에 담긴 붉은색 지붕이 멋스럽다. 친환경 소재의 생활용품도 일부 판매하고 있다.

거제, 통영에 관한 지역의 책과 인문학, 경영, 경제, 에세이, 기독교, 세계문학 등의 책들이 꽂혔다. 젊은 세대가 좋아할 만한 책과 무명작가의 개성 있는 독립출판물도 있다. 책방지기의 요즘 관심사인 로컬, 지속가능성 분야의 환경책도 많았다.

신간, 베스트셀러, 스테디셀러, 독립출판물, 기독교 서적, 성경, 찬송 등의 서적들을 상시 최대 10% 할인하여 차별화를 두었다. 책방 손님을 위한 맞춤형 도서구입을 최우선적으로 고려해 오고 있다.

"읽은 좋은 책을 팔지 않고 책방에서 읽을 수 있거나 빌려 갈 수 있도록 했어요. 절판되거나 품절한 책과 유통되지 않는 책을 중고로 사서 채워 넣어 부모님이 볼 수 있도록 노력했습니다." 책방지기가 추천한 책과 거제의 여행정보, 직접 내린 커피 한 잔은 덤이다. 말만 잘하면 부모님이 농사지은 포도를 준다는 농담의 사투리도 재밌다.

2022년 상반기 4월부터 7월까지 매월 마지막 금요일에 '심야책방'을 운영했었고 이복규 지역 시인을 초청해 '시와 삶의 행복 창작법' 주제로 강의도 듣고, 시 이야기도 나누는 시간도 가졌다. 6월에는 거제도를 배경으로 한 소설 《소주클럽》을 쓴 작가 팀 피츠를 초청해 작가와 만남을 열었다. 책방지기는 2월부터 작가와 DM(Direct Message)을 주고받으며 끈질긴 노력 끝에 성사시켰다. 독서모임, 지역 소모임, 동호회 모임을 위한 공간을 무료로 제공하고 있다.

이철민 책방지기는 자유로운 영혼을 그린 소설 카잔차키스의 대표작 《그리스인 조르바》와 제1차 세계대전 직후의 미국 사회상을 실감 있게 묘사한 F. 스콧 피츠제럴드의 《위대한 개츠비》, 평범한 남자가 불행으로 어이없이 떠밀려 들어가는 과정과 그 속에서 고뇌하는 모습을 통해 삶을 깊이 성찰해 볼 수 있는 알베르 카뮈의 《이방인》등의 세 작품을 추천했다. 작품 속 진정한 메시지가 전달하고자 하는 것이 무엇인지 사유하면 읽어보길 권했다.

그는 "거제대로 북스가 지역과 주민을 연결하는 책 읽는 문화

조성과 소모임 공간 활동을 지원할 수 있도록 노력하겠다." "책의 정보를 온라인에서 오프라인 공간으로 관심을 끌 수 있도록 책과 사람이 만나는 친밀함이 있는 소통의 공간으로 연결되도록 하겠다고" 했다.

그의 책방은 사계절 내내 거제의 바다처럼 변화무쌍하다. 독특한 만큼 그와 이웃과 삶의 이야깃거리가 많은 곳이다.

14

민들레 홀씨처럼 잔잔한 책들의 위로, '민들레 책밭'

2022년 동네 서점 트렌드 통계분석 보고서'에 따르면, 지난해 말 기준 전국 동네 책방은 815곳이다. 전년(745곳) 대비 9.4% 증가했다. 독서인구는 점점 줄어들고 있는데 왜 동네 책방은 늘어났는지 아이러니하다. 분명 책방이 주는 힘이 있기 때문이다.

책방은 '책'을 사러 가는 것 외에 책 모임, 글쓰기, 영화, 커피와 차를 마시거나 작가와의 북토크 등 다양한 콘셉트를 즐기는 공간의 역할로 바꿔가기 때문에 책방이라는 문화는 쉽게 만들어질 수 없다. 동네 책방이야말로 일상의 여백을 삶으로 스며드는 일이기에 중요한 의미와 가치가 있다는 것이다.

창원 가로수길에는 5평의 작은 책방이 있다. 이 작은 책방에는 특별한 것이 없지만 따뜻한 온기를 품고 있다는 것이 큰 매력으로 다가온다. 책만 파는 곳이 아니라 책 속에 담긴 삶의 의미를 품고 가는 특별한 곳이 되었다. 아직 한 달 밖에 되지 않은 책방지기와의 이야기는 그녀가 왜 이토록 책방이라는 공간을 원했는지 알 수 있었다. 민들레 홀씨처럼 소리 없이 퍼져 나는 것처럼 일어나는 모든 삶의 결을 마음 밭으로 심어 가는 마음이 담긴 곳이다.

비가 온 뒤 창원의 가로수 길은 청명한 하늘과 연둣빛 신록은 이영하의 《신록예찬》을 노래하듯 녹음이 짙어갔다. 카페 거리에서 홀로 자리 잡고 있는 '민들레 책밭'의 풍경이 돋보인다. 책방 입구에는 좋은 글귀나 민들레 책밭에 소개하고 싶은 책을 엽서에 적는 노란 우편함이 있다. 계단에 오르면 봄꽃과 주제별로 선별된 책들이 복도를 가득 채워주 듯 책방 주인장의 배려가 엮어있는 듯하다.

민들레 책밭은 책을 통해 '나를 만나는 여행'을 추구하고 내 영혼의 성장과 나를 사랑하기 위한 여정을 함께하는 '에세이, 문학으로 나를 만나다', '철학, 예술로 나를 만나다', '과학, 영성으로 나를 만나다' 등의 철학이 담겼다.

2023년 3월 7일에 오픈한 책방은 빈티지한 소품과 LP판, 아날로그적 감성이 묻어나는 5평의 공간에서 오는 포근함이 인상 깊었다. 하나같이 육현희 책방지기와 닮아 있었다. 책의 큐레이션은 각별한 정성이 가득 찼다. 또 얼마나 알차게 풍기는지 한 권 한 권 소개할 때마다 빠질 수밖에 없었다. 4월 테마 '기록하는 즐거움'에는 관련 책과 필기도구가 매대에 담겼다. 판형, 외형이 독특하고 개성이 강하고 귀한 독립출판물로 채웠다. 감각 있는 독립출판물《To go cup in NY》은 저자가 뉴욕시에 있는 로컬 카페를 다니면서 만나게 되는 다양한 종류의 To go cup 카페 주소, 매장 테이블 개수, 제공되는 서비스 등을 넣어 뉴욕 여행자에게 좋은 정보를 제공하는 안내책이다. 조민경의《꽃이 온 마음》는 인기 있는 독립출판물 중 하나다. 저자가 사계절을 지나는 동안 함께 한 꽃과 꽃말이 대한 사유와 감상을 엮은 책으로 글 속에 은은한 꽃 내음이 묻어나듯 따뜻해진다.

철학, 자기 계발서. 고전은 늘 뽑고 싶어 하는 심정으로 책방지기가 자랑하는 책이다. 그림책은 생각의 틀을 깨는 어른들을 위한 책으로 구성하여 읽어야 할 책이 많았다. 크리스티나 벨레모의《꽉 찬이 텅빈이》, 이브나 흐미엘 레프스카의《반이나 차 있을까 반밖에 없을까?》이다. 특히 데미안과 함께 읽으면 좋은 그림책인 사이다의《태어나는 법》은 페이지마다 혹하고 들어오는 문장들 때문에 거듭해서 여러 번 읽어봐야 할 책이다.

현희 책방지기는 문헌정보학과를 전공하여 사서의 길보다 틀에 얽매이지 않는 자유로움의 책방지가 더 매력을 느껴 북 큐레이션을 공부했었다. 그림책 강의를 하면서 차근차근 그 갈증의 폭을 좁혔고 손수 구입한 소품과 최소한의 인테리어로 현재의 책방을 열었다.

"민들레의 씨앗이 소리 없이 퍼져나가는 것처럼 잔잔한 위로가 되고 따뜻한 책들이 많이 퍼져 나가는 바람과 모두가 스스로의 마음 밭을 잘 가꾸길 바라는 마음으로 책방의 이름을 지었습니다."

　책 모임은 민들레 철학, 민들레 에세이, 마음 편지 한 달 읽기 등 세 가지를 하고 있었다. '민들레 철학'은 일상의 허무했던 자신을 되돌아보고자 학부모들이 의기투합하여 어려운 철학책을 함께 읽고 삶을 접근해 보았다. 4월에 읽은 책은 대니얼 클라인의 《하버드 철학자들의 인생수업》이다.

　'민들레 에세이' 모임은 사업가, 박사과정, 일반인 등의 5명이 모여 함께 에세이 책을 읽고 내 생활을 점검하고 위로받으며 각자의 에세이를 발표하는 시간을 가졌다. 한 회원은 "글을 꾸준히 쓰다 보니 솔직한 표현들이 눈물을 쏟거나 내 안의 감정을 해소하는 느낌이 들었다."라고 말했다. 4월은 존 셀라스의 《에피쿠로스의 네 가지 처방》과 한동일의 《라틴어 수업》으로 진행했었다. 모임의 회원 중 전공을 살려 어린이에게 '일기특강'으로 재능기부도 하고 있었다.

　'마음 편지 한 달 읽기' 모임은 구본형, 홍승완의 《마음 편지》에 있는 열 개의 질문들이 담겨 있는 마음 편지를 답하는 과정으로 진행되었다. "인생에 대한 머릿속에 품고 있던 막연한 생각들을 가슴으로 옮겨가는 시간이라 할 수 있어요."

　현희 책방지기의 추천 책은 신형철의 《인생의 역사》다. "짧은 한 편의 시에도 응축해 놓은 세계관을 새롭게 보는 시각이 넓혀졌죠. 작가의 가이드 역할이 시를 보는 눈을 키웠고 시가 좋아지게 되었습니다. 시에 대한 막연히 어려움 있는 분이나 굵직한 시의 내면세계를 만나고 싶다면 이 책을 추천합니다."

새벽 5시 30분에 일어나 책을 읽고 추천 책을 생각하고 책방 문을 열고 계단을 쓸며 테이블을 닦고 빠진 책을 배치하고 음악을 듣고 커피를 마시며 책 모임의 책을 읽는 과정에 그녀의 하루 일과가 평범하고 단순해 보여도 책방에 오는 손님에 대한 배려요, 마음가짐이다. 그 공간이 지닌 무한한 책 속의 가치를 일깨우는 일이다.

"책방에 오는 손님에게 책을 추천을 하고 그 책이 필요한 문장으로 얻어 갈 때나 우연히 인생의 문장으로 만나면 좋겠다는 생각을 많이 했어요. 그 순간의 인연이 되어 삶의 중요한 터닝포인트가 되는 공간으로 꾸려 가고 싶어요."

15

책방을 떠나기 전
희미했던 순간을 그리며

인터뷰를 잡고 나서 책방의 공간을 생각해 봤다. 뛰놀던 고양이의 앙증스러운 귀여움에 책방지기는 그저 미소만 짓는다. 희미했던 불빛이 밝아오는 어느 눈 내린 밤에 책방은 은은함으로 온 마을을 채웠다.

첫 손님을 기다리는 책방지기는 많은 생각들을 뒤로하고 물을 끓이고 커피를 내린다. 커피 향이 책방의 공간을 가득 피어오른다. 창밖은 평화롭기 그지없다. 잔잔한 호수에 떠 있는 기분이다. 한 잔의 커피를 마시며 오늘 할 일을 들여다본다. 책의 기억보다는 손님이 손에 들을 책을 닿을 수 있는 순간을 주제별로 모은다. 오늘은 정일호의 《슬픔의 방문》이거나 오시다 히로시의 《책은 시작이다》, 박연준의 《밤은 길고 괴롭습니다》를 짧고도 굵게 추천하고 싶은 마음이다.

오늘은 책 모임이 있는 날이다. 작지만 돈독하다. 집에서 손수 재배한 채소며 과일을 가져오는 회원들은 연령 때도 다양하다. 벌써 5년이 지나갔다. 주제를 정하는 일도 발제를 하는 회원도 누구나 할 것 없이 준비해 왔었다. 여기에 삶의 희로애락이 녹았다. 책방은 그들의 사랑방일 것이다. 사랑방이라 함은 아주 편안한 사이다. 책방을 돕고 이웃을 돕고 슬픔도 기쁨도 같이 한다. 부러워하는 것은 당연했다.

음악은 고요한 재즈를 틀었고 크리스마스 분위기를 향긋 부렸다 잠시 다녀간 길고양이의 발자국이 떠난 자의 뒷모습을 그려 보았다. 외롭고 추웠다. 문을 열고 오는 그날을 기억하고 싶었다. 문 앞에 작은 것을 내어 놓았다. 너도 나도 이 길 위에서는 하나의 존재이니까.

책은 책방지기만의 이야기로 꾸몄다. 오늘도 몇 권 구입했다. 기후 위기나 소셜미디어, 불평등과 차별, 미니멀 라이프 또는 고양이 책도 넣었다. 우연이거나 필연이었던 책은 이제 자연스럽게 책꽂이에 꽂혔다. 바라만 보아도 흐뭇했다. 교감의 순간이다.

책방의 손님이 하나 둘 공간을 채웠다. 유심히 바라보는 것은 예의가 아니다. 나는 마음이 어려 손님에게 커피를 권했다. 책방은 그런 곳이다. 그저 예의를 다하는 것이다. 책방을 기억하고, 사람을 기억하고, 삶을 기억하고, 공간을 기억한다면 그것이면 충분했다.

현재를 살아가는 우리에게 사람과의 거리가 멀어지는 것은 내려놓은 마음이 없기 때문이다. 표현하고 호응하고 감응하는 것들이 모여 삶은 내일을 준비한다. 책방지기는 상담가다. 삶의 조언자다. 책의 방랑자요, 독서문화를 전파하는 순례자다. 또는 마을의 운동가다. 사람을 이어주는 사랑방 주인이다. 귀한 사람이다. 그들에게 붙일 수 있는 별칭은 정말 많았다.

공간을 채운 손님들은 한가득 웃음을 짓고 떠났다. 아이의 손에 들고 간 유타 바우어의 《셀마 : 행복이란》 그림책은 얼마나 행복한 일이겠는가. 오늘의 이 그림책은 행복한 기억으로 남아 또 다른 누군가의 보금자리로 따뜻하게 남아 있겠다.

사람이 온다는 것은 정말 어마어마한 일이다. 여기 책방에서는 상상할 수 없는 일들이 벌어지기 때문이다. 오늘은 유난히 손님이 끊이지 않았다. 기분이 좋을듯하지만 마냥 그렇지는 않았다. 한번 왔다가 떠난 곳의 공간은 컸다. 8시, 빈 공간에 누군가가 살며시 노크했다. 동네 작가였다. 여기 공간을 함께 했던 작가다. 책이 출간했을 때 북 콘서트를 열었고 글쓰기 모임을 했었다. 이야기를 나눈 자리에서 이토록 평범한 미래를 그렸다. 우리는 공감했고 약속했다.

시간에 맞춰 책 모임의 회원들이 들어왔다. 이야기꽃이 무궁무진하게 많았다. 오늘의 책은 체코작가 보후밀 흐라발의 자서전적 소설인 《너무 시끄러운 고독》이다. 책의 무게를 견뎌야 했던 한탸, 그는 책과의 운명을 같이 하지만 결국 고도를 기다린다는 짧고도 굵은 메시지를 던졌다. 회원 중 한탸를 나로 비유하며 삶을 그려보기도 했다. 기계 앞에서 놓인 기구한 인생은 우리가 살아가는 오늘날에 무엇을 이야기하는지 회원들의 언어 속에 섞었다. 길고 긴 모임이 끝나자 밤은 깊어갔다.

책방의 밤은 달콤했다. 그 많은 손님이 끌고 온 정과 손길들이 모였다. 오늘은 성공적이다. 매일 그렇게 되면 좋겠지만, 어느 날은 허허했고 또 어느 날은 희망적이었다.

책방이 몰고 온 마을 사람들은 걱정했고 눈짓을 줬다. 조금씩 나아지는 것을 보면 흐뭇했었다. 이웃 할머니는 늘 책방을 찾아 "밥 먹었냐? 책은 팔리고" 한숨을 쉬었다. 또 하루는 "손자가 볼 어린이책을 골라주라" 하며 괜스레 정을 과시하기도 했다.

마지막으로 책방지기는 오늘을 기록했다. 나의 해방일지를 써 내려가듯 오늘을 묵직하게 담아냈다. 오늘을 열심히 살았으니 됐다. 내일은 또 내일의 희망을 품는 것이 때론 평범하지만 살아가는 힘이 된다. 문을 닫고 집으로 향했다. 책방은 고요했다. 낡았지만 행복한 하루였다. 그것만이라도 만족했다. 우리는 그렇게 살아간다. 조금씩 나아진다는 생각에 희망을 품고 사는 이는 아름답다.

현실은 녹녹지 않지만 하고 싶은 일을 하고 있는 나는 뜨거운 가슴을 지녔다. 책방이라는 하나의 작은 우주에 별 하나하나에 또 다른 행성을 그렸고 상상했다. 어린 순례자가 떠난 길 위에 희망의 등불을 켰다.

책방지기는 20대를 회상해 봤다. 꿈도 많았던 시절에 취업은 어려웠고 늘 도전의 연속이었다. 몇 개의 아르바이트를 밤낮으로 일했지만 나아지는 것은 없었고 몸은 지쳐갔다.

20대의 마지막, 출판사에 들어갔다. 늘 고달프고 힘들었지만 생경한 것들이 마냥 즐거웠다. 하지만 현실적으로 부딪히는 것들이 나에게도 일어났다. 차별과 불평등, 혐오와 페미니즘 등 정신적으로 어려웠다. 어려웠던 시절을 이겨내고 마음에 품었던 나만의 책방의 꿈을 이루고 나서야 마음의 평화를 찾았고 작가라는 또 다른 꿈을 향해 나아갔다.

"읽다 죽어도 멋져 보일 책을 항상 읽으라."

P.J. 오루크

나가며

기나긴 시간 속에서 나는 우연히 의욕을 불어넣는 사건이 있었다. 아니 이 사건으로 내가 조금씩 변화가 있음을 감지했다. 삶에 우연을 만났고 그 우연을 통해 끊임없이 삶을 발견한다는 것은 좋은 일이다. 그 사건은 아마도 책일 가능성이 높다. 김미라의 《책 여행자》을 읽으면 나와 비슷한 점을 발견했고 그 장소에 나를 불러주는 것만 같은 착각을 이르게 했다.

"저자의 발길을 따라 길모퉁이에 있는 유럽 헌책 골목에서 지적 향기가 파고든다. 처음에는 책의 표지에서, 두 번째는 독특한 개성을 지닌 유럽의 서점과 헌책방, 작가가 만난 서점 주인들, 책 수집가에 관한 흥미로운 이야기에 매료되었다. 저자는 찰스 디킨스가 자주 찾았던 선술집에서 차가운 맥주를 마시거나 어느 때는 카프카의 집 앞에서 물끄러미 바라본다. 또 프리드리히 횔덜린이 방 안에 갇혀 창으로 보았을 숲 너머 계곡을 향해 한참을 서 있는다. 묘한 텍스트를 따라가다 보면 나 또한 작가와 시인들의 세계에 이른

듯 짜릿했다. 여행의 동반자가 된 것처럼 좋은 문장에 밑줄을 긋고 포스트잇에 메모했던, 다시 한번 읽어 보았던 것들의 시간을 기억한다. 꼭 가봐야 할 유럽 책방들이 하나둘씩 늘 때 행복감에 사로잡혔다."

한 사람 한 사람의 인연이 될 낡고 오래된 것들, 가슴에 와닿은 뇌리에 스친 문장과 책들을 불러 모아 누군가에게 의미를 부여하고자 부단히 노력하고 싶다. 나에게 책은 자신을 돌아보고 사람들과 같이 할 수 있는 것이 많아지는 존재다.

"위안을 받거나 때론 나를 성장시키고, 가슴 뛰는 새로운 삶을 살아가는 데 '책'은 개인적인 질적 가치뿐만 아니라 사회문화적 삶 속에 녹아내리기 때문에 그 의미와 영향력은 매우 크다."

어쩌면 지금 읽거나 읽을 책들에게 예의를 다하는 것은 독자의 몫이다. 하지만 결국 읽고 있는 나 자신을 발견하고 내면에서 일어나는 삶의 갈등과 심리를 주인공을 통해 바라보는 시선에 매료되는 이런 일들을 겪는 자체가 너무 좋았다.

알베르 카뮈 《이방인》의 뫼르소, 헤르만 헤세 《데미안》의 싱클레어, 스콧 피츠제럴드 《위대한 개츠비》의 개츠비, 프란츠 카프카 《변신》의 그레고르 잠자, 제임스 조이스 《율리시스》의 리오폴드 블룸, 장 폴 사르트르 《구토》의 로캉탱, 보후밀 흐라발 《너무 시끄러운 고독》의 한타, 괴테 《젊은 베르테르의 슬픔》의 베르테르, 헤

밍웨이 《노인과 바다》의 산타아고 등 고전에 깊게 몰입해 본다는 것은 긴 호흡의 시간이 필요했다.

미국의 문학비평가 헤럴드 블룸은 "독서는 우리가 달성할 수 있는 유일한 세속적 초월"이라 했다. '초월'을 경험한다는 것은 신비로운 세계의 문이 열려 있다는 것에 가슴이 뛰고 환상을 느낄 수 있다.

이 모든 것들을 책에서 만나고 도서관에서 만난다는 것은 일생의 기회이며 경험이 되었다. 읽지 않고서는 방문하지 않고서는 새로운 세계에 들어가지 못할 것이다.

사람마다 마음이 편안해지는 공간이 있다. 책을 좋아하는 사람은 책방과 도서관이 그럴 것이다. 나도 그중 한 명이었다. 책이 없던 어린 시절 성장하면서 책이 있는 곳을 찾아 기대어 봤던 것들이 오늘날에 이르렀다.

책의 공간에 있으면 무한한 할 수 있는 마음의 잠재력이 강하게 작용했었다. 저자가 써놓은 경험의 글귀들을 담아 따라 해 보기도 하고, 느껴보기도, 나도 할 수 있다는 자신감이 쏟아져 왔었다. 현재의 나를 만든 것은 도서관이 가장 크다. 도서관이 나에게 있어 삶을 키워왔던 정신적인 것들이 반 이상 차지할 정도이니까.

어려운 시절에 도서관이라는 공간을 만났고 그 공간에서 꿈을 키웠고 내 청춘을 보낸 만큼 오랜 시간 함께 했기 때문에 가능한 일이었다.

최근 서울 마포구청 누리집 '구민에게 듣겠습니다' 게시판이 떠들썩했다. 마포구청이 관내 구립 '작은 도서관' 9곳을 2022년 12월 폐관할 거란 소식이 〈한겨레〉 보도로 알려지자, 이에 반발하는 구민들의 분노가 터져 나온 것이다. 폐관 반대 글만 500여 건이 달렸다.

'도서관은 혈세를 낭비하는 곳'이라는 인식은 문화적 공공성보다 경제성을 따져보겠다는 것인데, 따져보겠다는 인식의 차이에서 도서관의 존재가치가 퇴색되고 있다. 도서관은 보이지 않는 공공의 가치가 숨겨져 있다는 사실을 그들은 모르고 있다. 당장 눈에 보이는 곳에만 집착하지 말고 그 공간이, 사람이, 책이 있는 곳에 독서문화가 흐르고 있다는 사실을. 그 엄청난 사실을 모르고 있다는 것이 안타깝다.

2010년 문화체육관광부는 연구 결과 '공공도서관의 경제적 가치 측정 연구'의 조사 결과 우리나라 공공도서관 서비스의 ROI(투입 산출지표) 값이 3.66이 나타났다. 국내 공공도서관에서 투입한 예산이 1,000원이라고 가정한다면, 이에 대해 평가된 경제적 가치는 약 3,660원에 달했다.

공공도서관의 정보자료, 시설, 프로그램 이용에 대한 이용 가치를 측정하는 조건부 가치 측정법을 통해 도서관 시설 및 서비스를 실제 이용한 경험이 있는 이용자를 대상으로 지불 의사액을 직접 조사하는 방법이다.

도서관은 사회 통합과 지역사회 응집이라는 경제적 가치와 기여도가 매우 높다. 측정의 대상이 아니라 문화로서의 가치의 대상으로 인식되어야 한다. 가치로움은 수치로 계산되는 것이 아니라 시민의 의식과 정신이 바탕 속에 문화가 자연스럽게 뿌리내려야 함을 우리는 간과해서는 안 된다.

어느 날 만났던 진주의 어린이 도서관 기억은 아직도 잊을 수가 없었다. 사서 선생님도, 어머니도, 자원봉사자도, 이용자도 얼마나 친절한지 그저 내가 부담될 정도로 환대를 받았다.

철학이 담긴 도서관이라 그 어떤 이야기라도 가치 있게 보였다. 공간이 아니라 사람이 지닌 속살이 너무나 깊게 베여 있기에 부러울 수밖에 없었다. 도서관이 왜 필요하고 왜 존재해야 하는지 그 가치로움을 증명하고 있었다.

책방은 또 어떤가? 우리 마을에도 책방이 하나쯤 있으면 좋겠다. 산책하거나 퇴근할 때 잠시 들러 공간에 스민 향기를 맡고 싶다. 그 시간이 머문 곳에 누군가와 인연이 되고 책 한 권에 스친 인연들이 모여 꾹꾹 눌러주고 싶은 하루다. 그 하루가 짧아 아쉬움 날이 좋은 날이다.

동네 책방은 저자와 독자, 책방과 이웃 간의 공동체를 형성하고 시너지를 부여하지만 사실 녹녹지 않는 현실이 적잖은 힘에 부치는 것이 어디 하루 이틀이겠는 마는.

책방은 독자들로 하여금 책을 단순히 소비하도록 이끄는 것이 아니라 책을 독서의 대상으로 만들어 가치를 생산하고 확산시키는 능동적 주체가 되었다.

동네 책방에 책을 사는 것은 가장 멋진 일이다. 동네를 살리고 공동체가 살아나고 문화를 살리는 일이기 때문이다. 따질 수 없는 기막힌 삶의 질이 숨겨져 있을 것이다. 풍경이 달리 보일 뿐만 아니라 삶의 이야기가 많다는 것도 포함되겠다.

또한 책방이라는 책 문화가 하루아침에 만들어지지 않는다는 것을 박태숙, 강미 국어교사가 쓴 《동네 책방 분투기》를 다 읽고 덮으며 알았다.

그것도 책을 사랑하는 국어교사라니, 더 믿음이 갔다. 친한 동네 선배가 말하는 것처럼 글 자체가 친숙했다. 시골에 동네 책방을 열겠다는 마음이 고스란히 책방, 바이허니로 가고 있었다.

글로 전달된 그녀들의 가슴이 따뜻해지는 영업 비밀 공간의 질감과 책이라는 다양한 콘텐츠가 만들어낸 이야기는 그 얼마나 일상의 여백에 닿았는지 궁금하기만 했다. 어렵고도 고상한 일도 아니었고 힘든 일들을 해내고 스며들 때 멋진 일들이 일어나기 마련이라는 것을 진심을 담아 다뤘다.

"책은 단순한 소비재가 아니에요. 책은 저자의 오랜 경험과 삶의 철학을 응축한 것이라 한 권 한 권이 모두 현재를 드러내고 미래를 준비할 콘텐츠지요. 책을 만나는 것은 한 사람의 삶을 깊숙이 만나는 일, 삶의 방향을 바꿀 수도 있는 일이라고 믿어요. 그래서 책은 우리 일상의 바로 곁에 놓여 있어야 해요."

《동네 책방 분투기》 중)

맥주 한 잔 앞에 놓고 하늘과 바람과 이야기를 나누는 사심 가득한 그 공간이 얼마나 부럽던지 시샘할 정도니. 이웃과 나누는 정은 또 얼마나 가치 있는 일인지. 길냥이와의 만남, 사계절마다 마당의 핀 작은 꽃과 식물의 자기다움, 이웃의 재능을 발견하는 그런 공간이 말로 제 빛깔을 내는 숙성된 구수한 맛이 아닐는지요.

책방을 준비하고 싶은 분은 이 책을 읽으면 어떤 마음의 준비를 시작해야 할지 생각해 보면 행동으로 옮겨보면 좋을 듯하다.

한미화의 《동네 책방 생존탐구》에서 책방을 "사적인 비즈니스이지만 공공적 역할 또한 수행하는 것. 책을 파는 것에서 나아가 더 많은 사람을 적극적으로 책의 시민으로, 책의 세계로 이끄는 것"으로 정의했다.

경남지역에 한정되었지만 책방을 여행하면서 만난 사람들의 이야기는 그저 평범하지 않은 비범함의 열정이 스며있기에 돌아오는 마음이 무거울 수밖에 없었다.

공간이 가진 그 무수한 것들을 지속 가능성으로 열어간다는 자체가 대단한 일이다. 디지털 시대에 아날로그의 반격처럼 우리는 쉽게 포기하지 않는 하나가 있다면 그것이 책방이면 좋겠다는 생각이다.

오늘 하루 책방을 찾고 도서관에 들러 책 한 권을 사고 대출하는 마음이 있다면 당신은 이미 멋진 사람이다. 멋진 사람은 그리 어려운 일이 아니다. 함께 방황하고 함께 해결하면 된다. 관심을 가지고 후원자가 되면 된다. 그 속에 우리의 미래가 있다.

2023년 4월
도서관 창밖 흩날리는 꽃비에 젖을 때

사서가 떠나는 책 여행

초판인쇄　　2023년 5월 16일
초판발행　　2023년 5월 23일

지은이　　강상도
발행인　　조현수
펴낸곳　　도서출판 더로드
기획　　조용재
마케팅　　최관호 최문섭
편집　　이승득
디자인　　호기심고양이

주소　　경기도 고양시 일산동구 백석2동 1301-2
　　　　　넥스빌오피스텔 704호
전화　　031-925-5366~7
팩스　　031-925-5368
이메일　　provence70@naver.com
등록번호　　제2015-000135호
등록　　2015년 06월 18일

정가 15,000원
ISBN 979-11-6338-375-8 03810